Sylvie Bascougnano

L'araignée loup

Roman

L'araignée loup

Couverture composée selon les directives de l'auteur
par Christian Armanet.

© Sylvie Bascougnano octobre 2016.
ISBN : 978-2-322112-15-9

Le code de la propriété intellectuelle n'autorisant, aux termes des paragraphes 2 et 3 de l'article L. 122-5, d'une part, que les « copies ou reproductions strictement à l'usage privé du copiste et non destinées à une utilisation collective » et, d'autre part, sous réserve du nom de l'auteur et de la source, que les « analyses et les courtes citations justifiées ou d'information », toute représentation intégrale ou partielle, faite sans le consentement de l'auteur ou des ayants droit ou ayants cause, est illicite (article L. 122-4). Cette représentation ou reproduction, par quelque procédé que ce soit constituerait donc une contrefaçon sanctionnée par les articles L. 335-2 et suivants du Code de la propriété intellectuelle.

Tous droits de traduction, de reproduction et d'adaptation
réservés pour tous pays.

Préface

Pour rompre la solitude qu'impose l'écriture et pour partager cette passion, j'anime des ateliers depuis plus de dix ans, certains orientés vers la rédaction de la nouvelle et du roman et d'autres vers l'autobiographie. Chaque session, en octobre, je rencontre de nouveaux participants avec des projets et rêves d'écriture.

Cette année-là, dans l'un des ateliers consacrés à l'autobiographie, alors que chacun se présentait, mon attention fut attirée plus particulièrement par une charmante et discrète personne. Elle paraissait trop jeune pour avoir à se raconter. En quelques mots, Sylvie nous confia qu'elle souhaitait écrire des histoires de vie, comme celles qu'elle avait partagées oralement avec sa grand-mère, afin de pouvoir les immortaliser sur le papier et ainsi les transmettre à ses petits-enfants. Son objectif était de connaître les diverses techniques d'écriture.

Elle rédigea quelques textes d'après les thèmes imposés, et comme tous les participants, les lu devant l'auditoire. Son écriture était fluide, structurée. Je fus agréablement surprise par sa facilité à écrire les dialogues, ce qui rendait ses récits vivants, et les chutes surprenantes de ses histoires qui nous laissaient sans voix.

Par expérience, je savais que son désir d'écrire dépasserait très vite le cadre de l'autobiographie, et qu'un jour ou l'autre, elle viendrait à la fiction.

C'est ce qu'elle fit au bout de quelques mois. Cet engouement pour les mots la poussa à s'inscrire dans l'un de mes séminaires. À la fin du stage, j'avais demandé aux participants d'ébaucher le plan d'un roman, à partir des nouvelles écrites, au cours de leur séjour. C'était un challenge et une provocation à l'imagination.

Pour Sylvie, ce fut le déclic.

Voilà, comment est née : « L'araignée loup ».

Concernée, impliquée par cette saga, je me sens comme la marraine des personnages, ayant eu le privilège d'assister à leur naissance, dans un décor idyllique d'un petit coin à la limite du Gard et de l'Ardèche, que Sylvie et moi aimons beaucoup.

Nous continuons à travailler ensemble sur nos projets personnels dans mon atelier, heureuses de partager notre passion.

Je vous invite à lire ce roman, avec la certitude que vous passerez un excellent moment.

Michèle Armanet.

À Théo…

Je remercie Michèle qui m'a soutenue tout au long de cette aventure, et sans laquelle l'araignée loup n'aurait jamais vu le jour.

ENZO

Une épaisse tignasse brune encadrant un visage d'un ovale parfait faisait d'Enzo un charmant jeune homme. Il entretenait son teint mat avec des séjours réguliers à Cortina d'Ampezzo lors de la saison froide, et dès le retour du soleil, des expositions répétées sur la plage privée de l'hôtel que possédait son père à Capri. C'est sur cette île de rêve qu'il avait rencontré lors d'une manifestation deux ans auparavant, Giuseppe Cavalli, le célèbre photographe. Il s'était alors pris lui aussi de passion pour la photographie. Il s'y était initié et rêvait de marcher sur les traces de son maître. Son père, qui possédait une entreprise florissante sur le port de Naples, ne l'entendait pas de cette oreille. Il voulait voir son fils intégrer les affaires familiales, ce qui était source de nombreuses disputes.

Ce jour-là, l'altercation avait été encore plus vive que d'habitude et Enzo était parti en claquant la porte. Il déambulait dans les rues, les mains dans les poches, son appareil photo en bandoulière, tête baissée, songeant aux dernières paroles de son père : « Si tu ne te décides pas à venir travailler avec moi, je te coupe les vivres. »

Il entra dans une brasserie de la galerie Umberto 1er, et s'installa confortablement à une table située près de la vitre. Il pourrait ainsi observer les passants avec qui le soleil jouait de couleurs en traversant la verrière. Peut-être aurait-il l'opportunité de prendre « le » cliché qui ferait sa notoriété. Et son père verrait...

« Un express... » commença-t-il, en levant la tête vers la serveuse qui venait de s'approcher. Il s'était arrêté net, la dévisageant.
-J'ai quelque chose sur le nez ? demanda-t-elle.
-Non, euh, répondit-il.
-Alors quoi ? reprit-elle, d'un ton impatient.
-Vous êtes... Vous êtes... Superbe !
-Vous vous fichez de moi ?
-Non, pas du tout. J'aimerais vous prendre en photo.
-C'est tout ce que vous avez trouvé pour me draguer ? Écoutez, je travaille. Je n'ai pas de temps à perdre avec les fils à papa de votre genre. Il me semble que vous voulez un expresso ? Alors je vous l'apporte, et laissez-moi tranquille.

Sur ce, elle tourna les talons et cria au barman, d'un ton sec : « Un expresso ! »
Enzo avait toujours obtenu tout ce qu'il avait voulu depuis qu'il était né. Il était donc très étonné de la réaction de la jeune fille.
Sa rencontre avec Giuseppe Cavalli lui avait fait entrevoir un autre monde, celui de l'art. Il aimait les sujets simples. Il voulait mettre en relief la beauté et les traits positifs du commun des mortels, saisir les expressions, les états d'âme, et les sublimer. Lorsqu'il avait voulu expliquer son point de vue à son père, ce dernier lui avait ri au nez. « Mais mon garçon, lui avait-il dit, que crois-tu qui gouverne le monde ? L'argent ! Tout

simplement ! Si tu n'en as pas, tu n'es rien dans la vie. Ne l'as-tu pas encore compris ? Et ce n'est pas en prenant des photos par-ci par-là que tu en gagneras. Je ne cautionnerai jamais l'oisiveté. Il est temps que tu te mettes à travailler. Je te donne deux semaines pour te décider. » Il n'avait jamais entendu son père parler avec autant de cynisme, même s'il savait que sa réputation était celle d'un homme rigide, ne faisant jamais de concessions. Celui-ci, ayant grandi dans la pauvreté, il avait juré de s'en sortir et y était parvenu. Il avait bâti sa fortune à force de travail et d'acharnement.

Lorsque la jeune fille lui porta sa commande, Enzo l'interpella :
-Écoutez-moi quelques minutes, s'il vous plaît. Ce n'est pas ce que vous croyez. Je suis photographe, et je suis sérieux lorsque je vous dis que j'aimerais vous prendre en photo, ici, dans l'exercice de votre travail. Je vous paierai.
-Cessez de m'importuner. Buvez votre café et sortez d'ici. Je ne veux plus vous voir. Si vous continuez, c'est mon patron qui s'occupera de vous ».

Enzo n'insista pas. C'était une première pour lui. Jamais aucune fille ne lui avait résisté jusqu'à présent. Le refus de celle-ci l'ennuyait. Elle lui plaisait. Il la trouvait belle. Il désirait ardemment effectuer des clichés d'elle. Il lui allait falloir trouver une stratégie pour la séduire. Ce ne serait pas facile, mais il y parviendrait. « Décidément, songea-t-il en souriant, ce n'est pas ma journée. Je me dispute avec papa, ensuite je me fais remballer par une demoiselle, à quoi dois-je encore m'attendre ? »

Tout à ses pensées, il rentra chez lui. Dans l'allée principale qui conduisait à la demeure familiale il croisa une ambulance toutes sirènes dehors. Son cœur chavira. La vue de son père s'apprêtant à monter dans sa voiture effaça son appréhension, concernant des conséquences dramatiques quant à leur altercation. Mais le visage inquiet de celui-ci ne rassura pas Enzo qui l'interrogea du regard.

-C'est ta mère, dit-il, répondant à la question silencieuse de son fils. Elle est tombée dans les escaliers. Je pense que c'est grave. Je file à l'hôpital.

- Je te suis.

Enzo était très attaché à sa mère. C'était une femme douce et très discrète, qui avait toujours été tendre avec lui et à son écoute. Elle avait tenu à s'occuper elle-même de son fils unique lorsqu'il était né. Malgré l'insistance de son mari elle avait refusé avoir recours à une baby-sitter comme nombre de leurs relations. Elle voulait assister aux premiers pas de son enfant, entendre ses premiers mots et le prendre dans ses bras lorsqu'il était malheureux. Elle n'avait jamais oublié ses modestes origines et voulait inculquer les véritables valeurs de la vie à son fils. C'était la seule exigence qu'elle avait eue vis-à-vis de son mari depuis leur union. La mère et le fils étaient très unis. Elle l'encourageait dans sa passion pour la photographie, admirait son travail et savait être critique devant celui-ci.

Ces derniers temps, Enzo s'était inquiété pour la santé de Térésa, sa mère. Il la trouvait pâle et fatiguée et lui avait conseillé d'aller consulter un médecin. « Ce n'est rien, lui avait-elle répondu, juste une fatigue passagère, ça va passer. J'en ai parlé avec Serena, elle m'a dit de prendre des vitamines, et que tout rentrerait dans l'ordre. » Serena, une amie d'enfance de Térésa, était médecin, et également la marraine d'Enzo. Il ne l'avait donc plus embêtée à ce propos, car « si Serena avait dit... ».

Il arriva à l'hôpital, sur les talons de son père. La mâchoire de ce dernier était crispée, il semblait passablement contrarié. Le fils se demandait avec une certaine ironie, si son père se faisait du souci pour sa femme, ou pour son emploi du temps qui allait certainement être chamboulé. Depuis qu'il était en âge de comprendre, Enzo pensait que son père n'aimait pas sa mère. Il le voyait comme un être égoïste et personnel, faisant toujours passer le travail avant la famille. Il ne se souvenait pas avoir reçu un jour, un geste tendre de sa part. Ni même lui avoir vu des sentiments amoureux envers sa mère. Lorsqu'il faisait part de son ressenti à celle-ci, elle le tranquillisait : « tu te fais des idées, lui disait-elle. Ton père nous aime. Si tu avais vu comme il était heureux le jour de ta naissance. Il a souffert de manque d'argent dans son enfance. C'est pour ça qu'il travaille beaucoup. Il ne faut pas lui en vouloir ». Comme toujours, elle parvenait à le rassurer.

Le père et le fils attendaient les nouvelles, sans se parler, sans se regarder, inquiets qu'ils étaient, chacun de leur côté. Une heure était déjà passée lorsque le médecin arriva, et d'un air grave leur expliqua : « Elle a plusieurs fractures dont la plus importante au crâne. Elle est actuellement dans le coma. Nous ne savons pas si elle se réveillera. Son état vital est engagé. » Sous le choc, Enzo ne réagissait pas. L'air crédule, il regarda son père, et vit des larmes couler le long de ses joues. Pour la première fois, il voyait son géniteur montrer ses sentiments. Il aurait aimé pleurer avec lui, comme il l'eut fait avec sa mère, mais n'osait pas. Flavio voulait que son fils se comportât en homme et pas en mauviette, ce que Teresa avait fait de lui. Il n'attendit pas la suite et partit sans un mot. Arrivé à sa voiture, il ne put plus se contenir, et les larmes coulèrent à flots. Entre deux sanglots, il tapait du poing contre le volant en criant : « Pourquoi. Pourquoi ? » Puis, il démarra et quitta le parking de l'hôpital. Il roula un long moment à vive allure sans but. Il aurait aimé avoir un accident, afin de pouvoir retrouver sa mère dans la souffrance. Il fit une embardée, et le visage de Térésa s'imposa à lui, comme pour lui dire « Non ! » Il stoppa son véhicule. Il se trouvait en rase campagne, le jour commençait à tomber. Il se sentait seul, abandonné. Il savait que sa mère aurait désapprouvé sa réaction. Il fit demi-tour et repartit, plus lentement, en direction de l'hôpital. Il la trouva endormie sur un lit aux barreaux de fer, dans des draps de métis blanc. Son visage cireux, auréolé de bandages paraissait serein. Une perfusion lui administrait un liquide transparent, des médicaments, sans doute. Il s'assit sur une chaise, tout près d'elle et lui prit la main, celle qui lui avait tant de fois caressé les cheveux lorsqu'il était enfant. « Ne me laisse pas, maman, s'il te plaît », implora-t-il. Mais elle n'entendait pas. Il posa sa tête sur le bras de Térésa, et s'endormit au son des appareils de contrôle. Bip, bip, bip…

Enzo fut réveillé très tôt le matin par le va-et-vient des infirmières. Il échangea quelques mots avec elles, mais ne put rien tirer quant à l'état de sa mère, sinon qu'elle était dans le coma. Malgré leurs conseils de rentrer chez lui, il préféra rester. Pendant toute la journée, il conserva sa main dans la sienne, guettant un signe de sa part. En début de soirée, Serena fit son apparition. Il fut heureux de la voir.

-Quand es-tu arrivée ? lui demanda-t-il.
-À l'instant, je suis venue directement de l'aéroport. Ton père m'a avertie hier et j'ai pris le premier avion.
-Ça me fait plaisir de te voir.
-Et toi, tu es là depuis longtemps ? l'interrogea-t-elle à son tour, constatant sa barbe naissante.
-Depuis son admission, je ne voulais pas la laisser.
-Tu sais, ça ne sert à rien. S'il y avait eu du nouveau, quelqu'un vous aurait appelés.
-Je me pose tellement de questions : que s'est-il passé ? Pourquoi est-elle tombée ? Pourquoi a-t-elle tant de séquelles ? Je me dis que l'on ne peut pas se faire autant de fractures en trébuchant dans les escaliers. Tu peux me répondre, toi ?
-Ta mère était très malade.

-Comment ça « était » ? Elle n'est pas morte que je sache !
-Je suis désolée de te confirmer le diagnostic des médecins, mais c'est vraiment très grave.
-Qu'entends-tu par là ?
-Elle ne voulait pas que ton père et toi sachiez. Elle m'avait fait jurer de garder le secret. En tant que médecin j'y étais obligée. Elle souffre d'un cancer, c'est pour ça qu'elle paraissait si faible et semblait toujours fatiguée. Elle ne voulait prendre aucun traitement. Je pense qu'elle a eu un malaise en descendant les escaliers, et ses os fragilisés n'ont pas résisté. Je l'avais pourtant avertie de faire très attention. Je pense qu'elle n'en a plus pour très longtemps.
-Mais ce n'est pas possible ! répondit Enzo, hébété.
-C'est la vérité, mon chéri. C'est très dur pour moi de le dire, à mon avis ce serait mieux qu'elle ne se réveille pas. Je sais à quel point tu l'aimes, mais il faut que tu sois fort.
-Elle aurait dû me le dire. TU aurais dû me le dire, vous n'aviez pas le droit, reprocha-t-il, en colère.
-C'est elle qui a décidé. Elle a tout fait pour le cacher.

Il s'en voulait de ne pas avoir deviné, de n'avoir pas été plus perspicace. Il comprenait maintenant pourquoi elle passait plus de temps dans sa chambre : « J'aime lire allongée sur mon lit. J'y suis plus tranquille, disait-elle à Enzo lorsqu'il l'interrogeait sur son isolement, de plus en plus fréquent ». Elle évoquait un besoin de concentration concernant des lectures instructives, afin de combler son manque de culture en société. En fait, elle trouvait constamment une explication rationnelle à sa façon d'agir. Il se reprochait de n'avoir pas été suffisamment attentif.

Serena s'installait toujours chez Térésa et Flavio entre deux missions humanitaires. Elle insista pour qu'Enzo rentre avec elle. Avoir sa marraine auprès de lui, lui fit du bien. Elle faisait partie de la famille, au même titre qu'une tante. Il l'aimait beaucoup et disait toujours qu'elle était sa seconde mère. Serena ne s'était jamais mariée et n'avait pas d'enfant. Elle était pourtant une très belle femme et ne manquait pas de soupirants. Elle avait voulu privilégier sa carrière lorsqu'elle était plus jeune, et son métier la passionnait. Enzo la taquinait parfois à ce propos. « Je t'ai toi, et ça me suffit » répondait-elle, et un nuage passait dans ses yeux. Il n'était pas dupe, il soupçonnait un amour déçu. Il avait interrogé Térésa un jour, mais celle-ci était restée très mystérieuse. « Elle a fait son choix, elle assume ». Cette remarque l'avait fort surpris de la part de sa mère. Il en avait conclu que ce n'était pas ses affaires, et que si personne ne parlait, il y avait certainement une raison valable.

La semaine suivante, alors qu'Enzo était à son chevet, Térésa commença à s'agiter dans son lit. Secouant la tête de droite et de gauche, elle se mit à délirer :

-Je savais tout. Je vous demande pardon. Je reconnais que j'ai été très égoïste. Je le voulais pour moi seule. Je vous demande pardon. S'il vous plaît, pardonnez-moi. Dieu me punit. Je n'aurais pas dû rester entre vous.

Enzo, inquiet se leva brusquement de sa chaise, la faisant choir. Il essaya de maintenir sa mère, désirait la calmer :

-Maman, que dis-tu ? Réveille-toi. Tu es à l'hôpital. Je suis là, tout va bien, lui dit-il, relevant une mèche de cheveux tombée sur son front.

Tout à coup, Térésa se rasséréna et respira plus calmement. Elle ouvrit les yeux, aperçut son fils et lui sourit. Enzo était au comble du bonheur. Enfin elle se réveillait. Déjà, il la voyait guérie, quittant l'hôpital à son bras. Il allait s'occuper d'elle, la soigner, l'emmener consulter les spécialistes les plus réputés. Elle commença à parler, tout doucement, avec difficulté. Au début, ses paroles étaient inaudibles, puis elles s'éclaircirent.

-Comme tu es beau. Tu sais à quel point je t'aime.

Enzo souriait d'extase. Elle le reconnaissait, elle lui parlait. Elle reprit :

-Mais on m'appelle là-haut. Je suis obligée de te quitter. Elle va enfin avoir ma place et pouvoir être heureuse avec toi, depuis le temps qu'elle attendait…
-Mais que dis-tu, maman ? Je ne comprends rien. À qui laisses-tu la place ?
-Oh ! Flavio, je t'ai tellement aimé ! Je savais que tu étais son père. J'avais tellement peur de te perdre, tu comprends ? Je me suis tue. Pardonne-moi, s'il te plaît. Pardonnez-moi tous les trois.

Son visage se crispa, elle ferma les yeux, eut un soubresaut, se rendormit. Enzo alerta le médecin qui, après l'avoir examinée, lui dit :

-C'est terminé, il n'y a plus rien à faire, elle a fini de souffrir.

Le couperet était tombé. Térésa avait rendu son dernier soupir. Enzo sentit la chambre d'hôpital se rétrécir sur lui. Une affreuse impression d'être pris dans un étau invisible l'empêchait de respirer. Comme dans un brouillard, il voyait des infirmières s'affairer autour de la défunte. Elles entraient, sortaient, entraient à nouveau, débranchaient des appareils. Ses yeux s'embuaient. Il n'arrivait pas à réaliser. Le silence se fit. Soudain, il s'écroula et se mit à pleurer à chaudes larmes. Il sanglotait, ne pouvant s'arrêter. Sa mère bien-aimée le quittait, le laissant seul. Il était terrassé par la douleur. Il lui montait une folle envie de tout casser autour lui. Il désirait crier, hurler, à la hauteur de son chagrin.

Il partit déambuler dans le centre de Naples, les mains dans les poches, tête baissée, comme il le faisait lorsqu'il se sentait perdu. Inconsciemment, il se retrouva devant la brasserie de la rue Umberto 1er. Le dernier endroit qu'il avait fréquenté avant que « l'accident » ne se produise. S'il avait pu revenir en arrière… S'il avait su… Il serait resté à la maison à surveiller sa mère. Il aurait… Il aurait… C'était trop tard, désormais !

« Cherche serveuse » était placardé sur la vitrine. Enzo n'avait pas envie d'entrer. « Qu'est-ce que je fais là ? se demanda-t-il. Ma mère vient de mourir, et moi, je suis ici pensant tout à coup à une fille qui m'a éconduit. Si cette affiche est là, elle a dû quitter son travail. De plus, je n'ai même pas envie de faire de nouvelle rencontre. Je fais n'importe quoi. » Il continua son errance et finit par s'en retourner chez lui.

Malgré toute l'affection dont Serena l'entourait, il s'enferma dans un mutisme inquiétant. Le jour des obsèques, il se conduisit comme un automate. Son visage semblait ne plus marquer aucune émotion. Il se soumit à la séance de présentation des condoléances, et serra des mains sans savoir à qui il s'adressait vraiment. Il était présent tout en étant absent. Le lendemain, il commença à traîner dans les couloirs de la maison, s'asseyant dans un fauteuil de temps en temps, le regard perdu. Il ne se lavait plus, ne se rasait plus, ne s'habillait plus. Serena essayait de lui parler, de capter son attention, rien n'y faisait. Au bout d'une semaine, un jour en début d'après-midi, alors qu'il venait seulement de se lever, il lui sembla entendre des éclats de voix provenant du bureau de son père. C'était assez inhabituel et, malgré son état, cela l'interpella. Il se rapprocha et écouta. Ce qu'il entendit le glaça :
-Mais, enfin, il s'agit de ton fils. Je suis en train de te dire que je m'inquiète pour lui, disait Serena.
-Et alors ? Je l'avais averti. Sa mère n'a fait de lui qu'une mauviette. Regarde un peu dans quel état il se met pour un simple deuil, répondait Flavio.

-Tu exagères. Ce n'est pas un simple deuil. Il s'agit de sa mère. Térésa et lui étaient très attachés l'un à l'autre. Tu sais comme ils étaient proches. Il lui faut du temps.
-Non, justement ! Elle l'a rendu trop sensible. Un homme ne doit pas se laisser aller ainsi. Il s'est mis en tête de devenir photographe, ce n'est pas un métier d'homme, ça ! Des photos ! Et des photos d'art, en plus. Pourquoi pas poète ?

Serena défendait Enzo.

-C'est un artiste. Il y en avait dans la famille de mon père. Mon oncle était sculpteur. Térésa n'y est pour rien. Elle l'a très bien élevé, et je suis heureuse de ce qu'elle a fait de lui.
-Il rêve trop. Il doit apprendre à travailler pour gagner sa vie. Je pensais que ma propre expérience suffirait à lui faire comprendre qu'il ne suffisait pas de se baisser pour ramasser de l'argent.
-C'est pourtant bien ce que tu fais, toi.
-Comment ça ? répondit Flavio, hésitant.
-Tu crois que je ne suis pas au courant ? Je sais que ton entreprise n'est qu'une couverture et que tu trempes dans la mafia. Que tu vas racketter les pauvres commerçants, et que la prostitution et la drogue sont également des sources de revenus pour toi.
-Je ne fais pas de telles choses, tu m'accuses à tort.
-Ce sont tes associés, c'est pareil.
-Mes associés ne sont pas moi.
-Tu utilises leur argent, pour moi c'est la même chose.
-Depuis quand le sais-tu ?

-Je l'ai toujours su. Tout le monde le sait. Mais ça ne m'a jamais empêché de t'aimer.
-Térésa savait aussi ?
-Non, ne t'inquiète pas. Elle, elle ne savait rien. Je ne voulais pas détruire son conte de fées. Et pour en revenir à Enzo, si tu le mets à la porte, je lui raconte tout de tes activités.
-De toute façon, il faudra bien qu'il l'apprenne un jour. Je veux qu'il me succède plus tard, et pour ça je dois l'initier aux affaires. Ce n'est pas avec l'attitude qu'il adopte en ce moment qu'il fera quelque chose de bon. Et l'entretenir est encore pire. Je ne vois qu'une solution pour le faire réagir : qu'il « bouffe » un peu de « vache enragée ! »
-Et moi je ne veux pas qu'il souffre inutilement. Il s'agit de mon fils après tout. Il y a d'autres manières de lui faire comprendre les choses.
-Il est bien temps de t'occuper de ton fils ! Lorsque tu l'as abandonné, tu ne t'en souciais guère.
-Tu es injuste. Tu sais très bien pourquoi j'ai agi ainsi. Je ne l'ai pas abandonné. J'ai toujours aimé Enzo. Si je reviens, que j'arrête mes missions, c'est pour lui. Et il est hors de question que tu le jettes dehors ! Sinon je pars avec lui !

Enzo n'en croyait pas ses oreilles, les paroles qu'il venait d'entendre virevoltaient dans sa tête. « Mon père mafieux ! Ma mère, pas ma mère ! Ma marraine, ma mère ! Ma marraine amoureuse de mon père ! », se disait-il, écœuré. Ces révélations lui firent l'effet d'un électrochoc. À toute volée, il ouvrit la porte du bureau, et s'adressant au couple interloqué, cria : « Ne vous donnez pas la peine de me virer, ne vous en faites pas, c'est moi qui me tire, de mon plein gré. Vous me dégoûtez. Vous ne valez pas mieux l'un que l'autre. Vous ne me reverrez plus. »

Sur ce, il claqua la porte, monta les escaliers en courant, et s'enferma dans sa chambre. Serena vint y frapper :
-je t'en prie, Enzo, ouvre-moi, il faut que je t'explique. Ce n'est pas si simple. Je veux te raconter.
-Il n'y a rien à raconter. Je ne veux rien savoir. Fiche-moi la paix, répondit-il, tout en entassant des affaires dans un sac de sport.

Il enfila un pantalon froissé, une chemise par-dessus son pyjama, mit ses chaussures, prit un blouson, et en ouvrant la porte, bouscula Serena qui s'y trouvait toujours. Il dévala les escaliers et partit sans se retourner. Flavio, du seuil de son bureau, le regarda quitter la maison en souriant avec satisfaction : « Voilà enfin un fils digne de ce nom, dit-il à Serena. Je savais bien qu'il possédait un peu de caractère. Tu verras, je ne lui donne pas un mois pour qu'il revienne.

Serena pleurait.

Enzo se retrouva à nouveau errant dans les rues de Naples. Qu'allait-il faire maintenant ? Il avait un peu d'argent dans son portefeuille, mais ne voulait surtout pas utiliser celui qu'il possédait sur son compte bancaire. Ne plus rien avoir affaire avec son père, c'était son vœu le plus cher. Il ne voulait plus voir sa marraine non plus. Une femme qui abandonnait son enfant n'était pas une mère pour lui. Il était décidé à tourner la page. Comme sa mère lui manquait ! Mais il allait lui falloir trouver un emploi rapidement, ainsi qu'un logement. Il n'était pas qualifié. À vrai dire, il n'avait jamais travaillé. Il se rendit à la brasserie de la rue Umberto 1er en espérant que le patron cherchait toujours du personnel. Heureusement pour lui, c'était le cas. Il n'hésita pas à passer la porte et s'adressa à l'homme derrière le comptoir.

-Je viens pour la place de serveuse, dit-il
-Votre amie ne peut venir elle-même ? demanda le patron.
-C'est pour moi.

L'homme le jaugea de haut en bas et, sur un ton narquois, reprit :

-Veuillez me pardonner, mais vous n'avez pas tout à fait l'air d'une femme. C'est une serveuse que je demande, pas un serveur.
-Je sais, mais je viens d'arriver en ville, mentit Enzo, il me faut absolument trouver du travail. J'ai de l'expérience dans ce domaine, et je suis très travailleur. Laissez-moi faire un essai, vous montrer ce dont je suis capable. Vous ne le regretterez pas. S'il vous plaît, dit-il, les yeux implorants.
-J'avais dit que je ne voulais plus employer d'hommes pour le service. Je n'ai que des problèmes avec eux. Mais, bon, ça doit être mon jour de bonté. Vous faites un essai

maintenant, si vous convenez je vous prends, sinon… ce sera la porte. Je vous préviens, je n'admettrai ni erreur, ni remarque.
-Merci Monsieur. Vous ne savez à quel point vous me sauvez. Pour un peu, je vous embrasserais.
-Non, non, ça va comme ça.

Enzo écouta les consignes du patron, noua autour de la taille le tablier que celui-ci lui tendait et se mit à l'ouvrage. Il avait suffisamment observé le « petit personnel », comme l'appelait son père, pour savoir ce que les gens attendaient de lui. Il s'activa durant tout l'après-midi, et s'en sortit assez bien.
À la fin de la journée, le patron vint lui parler :

-Écoute mon garçon, à part quelques petits points à corriger, tu ne t'en es pas trop mal sorti. Demain, Silvana, ma serveuse sera là. Elle t'expliquera ce que j'attends de mes employés. À mon avis, tu n'as pas beaucoup travaillé dans la partie. Je ne sais pas d'où tu sors, et ne veux pas le savoir. En revanche, je ne veux pas d'embrouilles. Le gars que j'avais avant m'a laissé en plan du jour au lendemain en me reprochant d'être un tortionnaire, et de ne pas le payer suffisamment. Ce n'était qu'un fainéant. Je suppose que tu ne sais pas où dormir cette nuit, si tu es arrivé aujourd'hui ?
-Je vais essayer de trouver une chambre d'hôtel, répondit Enzo sur le qui-vive.
-J'en ai une libre là-haut, si tu la veux. Moi je préfère, ainsi tu ne peux avoir d'excuses pour les retards. Je

déduirai le loyer de ton salaire, mais ce ne sera pas trop élevé, rassure-toi.
-Bien monsieur, merci beaucoup.
-Pas de manières avec moi, jeune homme. Mon nom est Mario, c'est ainsi que tu dois m'appeler. Et toi, c'est comment ?
-Enzo !
-Alors Enzo, mon établissement est ouvert tous les jours de sept heures trente à vingt et une heures. Tu déjeuneras après le service de midi, et dîneras à la fermeture. Bien sûr, tu mangeras le plat du jour, s'il en reste. Tu auras deux jours de congé par semaine, pas le samedi ni le dimanche parce que je me les réserve. Je suis avec ma famille. Ces jours-là, c'est un cuisinier qui me remplace pour les repas. Les lundis et mardis sont pour Silvana. Ça te va ?
-Oui.
-En ce qui concerne le salaire…
-Aucun problème coupa Enzo. Je prendrai ce que vous me donnerez, et ferai ce que vous voudrez.
-Eh bien ! L'autre était trop exigeant, et toi pas assez. Ce n'est pas ainsi que tu avanceras dans la vie, petit. Tu l'apprendras à tes dépens. Bon, on en reparlera. On verra déjà ce que tu es capable de faire. Alors demain, ici à 7 heures.
-Pas de problèmes. Je serai là Mons… Oh ! Pardon, Mario.
-Allez viens je te montre tes « appartements ».

Ils montèrent à l'étage par un petit escalier de bois en colimaçon, situé derrière une porte où un écriteau indiquait « privé ». En haut, un couloir étroit, peu éclairé longeait quatre portes côte à côte et au fond, une cinquième au-dessus de laquelle était écrit « issue de secours ». Mario parlait beaucoup et vite, il était pressé. Il lui expliquait que la première porte ouvrait sur sa pièce à lui. Elle était réservée pour lui permettre de se reposer de temps en temps, mais il n'habitait pas sur place. Il préférait vivre dans une maison, en dehors de la ville avec son épouse et ses enfants. « Une garçonnière », pensa Enzo, mais il n'en avait cure. La deuxième chambre était celle de Silvana. La troisième serait pour Enzo. Derrière la quatrième porte, se trouvait la salle de bain commune, avec lavabo et douche. « Il ne faut pas y rester trop longtemps, et surtout, ne pas gaspiller l'eau. Je tiens à te dire que je ne veux pas de bruit non plus, et pas de musique. Et puis, tu n'as pas intérêt à embêter Silvana. Elle me le dira si c'est le cas. C'est une gentille fille, elle est pour moi un peu comme ma propre fille. Lorsque je suis absent, elle a tout pouvoir. Si tu n'as pas de questions, je te laisse. »

Enzo n'avait pas de questions. Il avait hâte de se retrouver seul, se reposer après la journée éprouvante qu'il venait de passer. Son logement était assez spartiate. Il s'agissait d'une petite pièce exiguë peinte à la chaux blanche, une armoire de bois brut se dressait face à l'entrée, puis tout de suite à gauche un lit pour une personne, flanqué d'une caisse en bois qui remplaçait la table de nuit. Un petit fenestron au-dessus de la couche était la seule ouverture vers l'extérieur, et pour toute décoration, un crucifix supportant les rameaux des dernières Pâques. Morphée emporta bien vite Enzo dans ses bras.

Malgré une nuit assez agitée, peuplée de revenants et de fantômes, il fut en bas à sept heures précises. Silvana était déjà là. Il fut embarrassé de découvrir qu'il s'agissait de la jeune fille déjà rencontrée la dernière fois.

-Bonjour, lui dit-il.

Elle était occupée à préparer du café.

-Bonjour, répondit-elle. Je suppose que tu es le nouveau. Mario m'a laissé un mot hier soir en me disant qu'il avait engagé un nouveau serveur, et que je devais lui expliquer la manière de procéder. Comment t'appelles-tu ?
-Enzo.
-Bon, pour commencer la journée on prend le petit-déjeuner. On en a besoin, parfois la salle ne désemplit pas et on mange notre déjeuner presque à l'heure du goûter. Ensuite, on descend les chaises des tables que l'on a montées la veille pour nettoyer le sol. Après on ouvre. Le patron arrive en général vers dix heures. Le mieux est que je t'explique au fur et à mesure. Cela te convient ?
-Oui, tout à fait.

Silvana le regarda, songeuse, et dit soudainement :

-J'ai l'impression de te connaître.
-Ça m'étonnerait, je viens d'arriver en ville, lui répond-il, l'air gêné.
-Ah, bon. Je dois confondre alors. N'en parlons plus.

Il était soulagé qu'elle ne l'ait pas reconnu. Il avait intérêt à faire « profil bas » s'il voulait conserver cet emploi. Ils se mirent au travail. Elle commença à descendre les chaises, il l'imita. La matinée passa rapidement. Enzo apprenait vite et se révéla très efficace. Il était agréable avec les clients, les satisfaisait avec zèle, travaillait bien. Mario le trouva très différent de la veille et le lui dit. Le courant passait bien avec Silvana. Au milieu de l'après-midi, celle-ci parut contrariée et cessa de plaisanter avec Enzo. Apparemment, elle lui faisait la tête, et il ne comprenait pas pourquoi. À la fin de la journée, après avoir fermé le bar, Mario étant déjà parti, il alla vers elle, lui demander des explications.

-Ai-je fait quelque chose de travers ? demanda-t-il.
-Tu n'as pas une petite idée ?
-Pas du tout.

Elle explosa, furieuse.

-Tu te caches derrière ta barbe, mais j'ai fini par te reconnaître. Tu dis que tu viens d'arriver en ville alors qu'il y a quelque temps, tu es venu ici même me draguer effrontément. Tu dis que tu dois absolument travailler alors que tu es un fils à papa. Tu prends le travail de quelqu'un. Tu n'as vraiment pas honte !
-Ce n'est pas du tout ce que tu crois.
-En plus, tu te moques de moi ! Je suis sûre que tu t'es infiltré pour prendre des photos en cachette.

Enzo était très gentil, mais il n'acceptait pas l'injustice. Cette fille l'accusait à tort, il ne le supportait pas, toute jolie qu'elle ait pu être. C'est sur un ton beaucoup plus virulent qu'il lui répondit :

-Pourquoi veux-tu que je me moque de toi ? Ça ne t'arrive jamais de laisser le bénéfice du doute à quelqu'un ? Pour toi ça ne peut être que tout blanc ou tout noir ! Lorsque je te disais que je ne cherchais pas à te séduire, c'était vrai. Et si je travaille, c'est que j'en ai réellement besoin. J'ai claqué la porte de chez moi et n'ai aucun revenu.

-Comment pourrais-je te croire ? Tu as dit que tu venais d'arriver en ville et que l'on ne s'était jamais rencontré.

-Qu'aurais-tu fait si je t'avais dit : « Oui, je suis celui que vous avez pris pour un dragueur la dernière fois, et que vous avez éconduit. »

-Je pense que je t'aurais à nouveau jeté dehors.

-Alors tu vois pourquoi j'ai été obligé de mentir ?

-Et qui me dit que tu ne mens pas, encore une fois ?

-Tu m'énerves ! Je te dis que je suis sincère et je suis vraiment désolé que tu ne veuilles me faire confiance. Parle de tes doutes à Mario si tu veux, il me mettra dehors et je n'aurai plus qu'à trouver un autre emploi. Je peux t'expliquer pourquoi j'en suis arrivé là, si tu le désires.

-Ah, mais oui, je suis vraiment curieuse, répliqua-t-elle, narquoise.

-Eh bien, installons-nous pour manger et je t'explique tout. J'ai une faim de loup ce soir.

Enzo se mit donc à raconter l'essentiel de sa vie. Sa passion pour la photo entre l'amour de sa mère et l'indifférence de son père. Sa détresse, à la découverte de la maladie de sa mère, et son désespoir à la mort de celle-ci. Son effroi face aux révélations entendues dans la conversation entre sa marraine et son père, et sa décision de tout plaquer. Il parlait avec émotion, en revivant ces derniers évènements. Il en avait les larmes aux yeux, et réussit à communiquer sa peine à Silvana.

-Je suis vraiment désolée pour toi, lui dit-elle. Je te demande de me pardonner pour t'avoir jugé sans te connaître.
-Ne t'inquiète pas pour moi, je finirai bien par m'en remettre.
-Tu comptes rester longtemps ici ?
-Une chose est déjà sûre, c'est que je ne remettrai plus les pieds chez mon père.
-Je te comprends, je ne supporte pas les gens malhonnêtes.
-Ni les menteurs, surenchérit Enzo avec un petit sourire.
-Ni les menteurs, confirma-t-elle, lui rendant son sourire d'un air entendu. Et ta marraine tu vas la revoir ?
-Certainement pas ! N'oublie pas que, elle aussi est une menteuse.
-Elle avait peut-être des raisons valables.
-Je ne veux pas le savoir.
-Tu ne te doutais pas que ta mère n'était pas ta mère ?
-Je ne me doutais de rien. La seule chose que je sache est que je n'ai qu'une mère, elle s'appelle Térésa, et je

n'en ai pas d'autre. C'est elle qui m'a élevé, elle qui m'a aimé et le reste ne m'importe pas. Et toi ? Tu as de la famille ?
-Non, je n'ai plus de famille. Si tu veux bien, je t'en parlerai une autre fois. Il se fait tard, et je pense que nous ferions mieux d'aller nous coucher si nous voulons être reposés demain.
-Tu as sans doute raison.

Ils rejoignirent chacun leur chambre respective. Ce fut une nuit bien plus calme et bien plus reposante qu'Enzo passa cette fois. Le lendemain, il fut ravi de retrouver Silvana qui l'accueillit avec un grand sourire. Il se mit à la tâche sans qu'elle ait aucun ordre à lui donner. La journée passa encore une fois très vite, et le soir, au repas ce fut lui qui la questionna :

-C'est à ton tour de me raconter ta vie.
-Il n'y a pas grand-chose à dire sur moi.
-Tu n'es sans doute pas arrivée ici par hasard. Que fais-tu lorsque tu ne travailles pas ici ? Hier, tu m'as dit que tu n'avais plus de famille.
-Oui, mon père est mort à la fin de la guerre, en 1945. Il était au front avec Mario dont il avait fait la connaissance, et qui était devenu son ami. Lors d'une bataille, il a sauvé la vie de Mario, mais a perdu la sienne. Celui-ci était tellement reconnaissant qu'il a toujours veillé à ce que ma mère et moi ne manquions de rien. Lorsqu'il a ouvert sa brasserie, il a embauché ma mère. Moi, j'allais à l'école. J'aimais énormément les langues, surtout l'anglais. Je pense que ça vient du fait d'avoir côtoyé des Américains,

lorsqu'ils sont arrivés fin 1944. Je n'avais que sept ans, et malgré mon jeune âge, j'aimais discuter avec eux, ou plutôt essayer de les comprendre. Je les admirais beaucoup. Je voulais devenir interprète. Mais ma mère est tombée malade il y a deux ans. Elle est morte l'année dernière. Je n'ai pu terminer mes études. J'ai dû me mettre à travailler et j'ai pris sa place chez Mario. Il est tout ce qui me reste de mon passé. C'est un peu comme mon oncle.

-Je comprends pourquoi il est si attentionné envers toi.

-Tu verras qu'il est plus gentil que ce qu'il laisse paraître. Il donne l'impression d'une personne bourrue, c'est sa façon de cacher sa vraie nature. Il dit que, dans le commerce, il ne faut pas faire de cadeau, que si l'on est trop sympathique, on se fait berner. C'est un patron honnête et droit.

-C'est l'impression qu'il m'a donnée.

-Et toi, tu n'as pas répondu à ma question d'hier, finalement. Tu comptes rester longtemps à travailler ici ?

-Le temps que Mario voudra bien me garder. Je voudrais devenir photographe. Je vais donc économiser un maximum d'argent, afin d'acheter tout le matériel nécessaire pour développer mes photos. Je suivais des cours jusqu'à maintenant. Je n'ai pas eu le temps de passer un diplôme, mais ce n'est pas très grave.

-C'est une bonne idée.

-Et toi tu comptes rester toute ta vie ici ?

-Non. Je suis des cours d'anglais le lundi et le mardi. J'ai toujours l'intention de devenir interprète. Mario le sait. Il me dit que j'ai tout à fait raison.

-Bien sûr qu'il a raison. Ce sera moins fatigant pour toi, et plus gratifiant.

Ils poursuivirent encore un peu leur discussion, et finirent par aller dormir. Les soirs suivants, ils prirent l'habitude de se retrouver au dîner. Ils discutaient à bâtons rompus, échangeaient leurs idées, s'opposaient parfois, mais finissaient toujours par tomber d'accord. Ils s'étaient découvert de nombreux points communs, et possédaient la même façon d'envisager l'avenir. Ils s'entendaient à merveille et devinrent très vite complices. Bientôt, ils furent inséparables. Ils en arrivèrent à ne plus pouvoir se passer l'un de l'autre. Cupidon avait lancé ses flèches et elles avaient fait mouche. Mario les regardait roucouler d'un œil paternel et attendri. Les « résidants » de la brasserie étaient devenus la nouvelle famille d'Enzo, il y était heureux. Il comprenait réellement ce que voulait dire Térésa lorsqu'elle lui parlait de « vraies valeurs de la vie ». Il s'était installé dans la chambre de Silvana, et Mario lui avait permis d'utiliser la sienne pour y faire son laboratoire de photos. En vendant sa montre en or, il avait eu suffisamment d'argent pour s'acheter le matériel minimum nécessaire pour les développer. Il put ainsi commencer à faire de petits travaux lorsqu'il était en congé. On l'appelait pour des portraits, des photos de groupes. Ce n'était pas de l'art, pas encore. Il s'appliquait malgré tout, cherchant à parfaire son travail. Ainsi, avec une partie de ses gains, il payait les fournitures dont il avait besoin, et mettait le reste de côté. Cette vie n'était plus aussi facile qu'auparavant, mais il l'aimait. Elle était faite de multitude de petits bonheurs qu'il appréciait à leur juste valeur. Il fut au comble de la joie lorsque Silvana lui apprit qu'elle attendait un bébé. Cet évènement ne faisait pas partie de leurs projets immédiats, il fut malgré tout bien accueilli. Il signifiait pour eux le couronnement de leur amour. Ils se marièrent dans l'intimité afin de régulariser la situation.

Quelque temps après, à la sortie de l'un de ses cours, une femme d'un certain âge, fort élégante, accosta Silvana.

-Puis-je vous parler ? lui demanda-t-elle, les yeux implorants.
-Je ne vous connais pas, Madame. Rétorqua Silvana, bien qu'elle se doutât d'où elle venait.
-Je suis Serena, la marraine d'Enzo. Je ne sais pas s'il vous a parlé de moi.
-Nous n'avons aucun secret l'un pour l'autre.
-Bien, alors je voudrais vous parler de lui, de vous.
-Il n'y a rien à dire, Madame, je sais tout ce que je dois savoir.
-Vous ne m'avez pas bien comprise, j'aimerais vous fournir des explications quant à mon attitude vis-à-vis de lui dans le passé. Je sais qu'il ne veut rien entendre de ma part. Je sais aussi que vous vous êtes mariés et que vous attendez un bébé. Oui, je n'ai jamais cessé de suivre sa vie de loin, depuis qu'il est parti. Si vous m'écoutez, peut-être, pourrais-je vous convaincre de lui parler. Je veux juste qu'il sache, et qu'il me pardonne.

Silvana hésitait :

-Je ne sais pas. Il sera peut-être furieux si je vous parle.
-Je vous implore en tant que femme et future mère. Si vous estimez que cela n'en vaut pas la peine, vous ne lui direz pas que nous nous sommes rencontrées.
-Je vous ai dit que nous ne nous cachions rien ! Soit, je vais vous écouter, mais je n'ai pas beaucoup de temps. Si je ne rentre pas rapidement, il va s'inquiéter.
-D'accord, vous êtes gentille. Venez, entrons dans ce bar, je vous offre un café.

Elles pénétrèrent dans l'établissement situé de l'autre côté de la rue et s'attablèrent. Sans attendre, Serena se mit à parler :

-Térésa et moi étions amies d'enfance. Nous avons grandi dans le même quartier populaire et avons fait les mêmes rêves de nous sortir de notre cité lugubre en faisant des études. Je voulais être médecin. À l'époque, ce n'était pas très facile pour une femme, mais Maria Montessori[1] avait ouvert des portes quelques années auparavant, et nous pouvions nous y faufiler. Térésa disait que le métier d'infirmière était suffisant. Elle désirait surtout se marier et avoir des enfants. Moi je partis pour mes études et elle, resta à Naples. Elle rencontra Flavio et était folle amoureuse de lui. Elle m'écrivit pour m'en parler, et je me réjouis pour elle. Elle était comme ma sœur. Flavio commençait dans le monde des affaires, il était considéré comme une personnalité

---

[1] En 1896, à 26 ans, Maria Montessori devient la première femme médecin italienne et la première femme diplômée de médecine en Italie.

montante. Hélas, Térésa était très naïve. Elle croyait en lui et ne voyait que son bon côté. Pendant qu'elle filait le parfait amour, alors que j'étais à Rome, je rencontrais un homme très séduisant. C'était pendant un week-end, j'étais libre, lui aussi et nous fîmes l'amour. J'en tombais amoureuse, mais il me dit qu'il devait se marier très prochainement et qu'il aimait sa fiancée. Ce jour-là, je compris que tous les hommes étaient des goujats, et décidais de ne plus jamais m'attacher. Lorsque je revins à Naples pour le mariage de Térésa, je me confiais à elle en lui disant que je venais de m'apercevoir que j'étais enceinte, et que je ne voulais pas du bébé. Il représentait pour moi un frein à ma carrière, et le père était déjà engagé, donc n'aurait certainement pas voulu endosser la paternité. J'étais désespérée. Elle était la seule en qui je pouvais avoir confiance. Elle me rassura et me dit qu'à nous deux, nous trouverions bien une solution. Le lendemain, je fis connaissance de son fiancé. Il me fallut un effort considérable pour ne pas montrer mon trouble à mon amie. Il s'agissait de Flavio, l'homme que j'avais rencontré à Rome et qui m'avait mise enceinte. Je ne pouvais rien dire à Teresa. Je l'aurais détruite. J'essayais de lui démontrer par sous-entendus que son futur mari avait des défauts, mais elle ne comprenait pas ce que je voulais dire. Il n'y a pas pire aveugle que celui qui ne veut voir. Finalement, elle se maria et me proposa ce que je n'aurais jamais osé lui demander : de devenir la mère de mon enfant. Elle, cela ne la dérangeait pas, Flavio n'y voyait pas d'inconvénient (vous pensez, il savait qu'il était le vrai père), et moi je pouvais continuer ma vie comme si de rien n'était. En contrepartie, je serais la marraine de l'enfant, ainsi je ne le perdrais pas de vue, et ça justifierait l'amour que je ne manquerais pas d'éprouver. Térésa fit semblant d'être enceinte, et Flavio trouva un médecin véreux pour faire de fausses déclarations à la naissance. C'est ainsi que Térésa gagna le droit d'être mère, car elle ne réussit jamais à enfanter, et moi je le perdis. Je pense que mon amie est morte sans savoir qu'en fait son mari était le véritable père d'Enzo.

-Elle le savait, l'interrompit Silvana.

-Comment cela ?

-Juste avant de mourir, elle a déliré. Elle pensait avoir son mari à ses côtés alors que c'était Enzo. Elle lui demandait de lui pardonner, qu'elle savait tout, qu'elle avait été égoïste. Elle disait qu'elle vous laissait la place et que vous pourriez enfin être heureuse. Enzo n'a compris ces paroles que lorsqu'il vous a entendue discuter avec son père.

-Comment pouvait-elle savoir ?

-Je ne le sais pas. Elle a emporté cette information dans sa tombe.

-Elle était pourtant si naïve.

-Peut-être pas autant que vous ne le pensiez.

-Certainement, dit-elle songeuse. Voilà, je vous ai tout raconté. À vous de savoir comment le dire à Enzo, et lui demander de me pardonner. Je vous serais éternellement reconnaissante, si vous arriviez à le convaincre de me revenir. Dites-lui qu'il me manque. Qu'il a toujours été mon fils à mes yeux, et que je regrette de l'avoir sacrifié à ma carrière.

-Je veux bien être votre messagère. S'il vous pardonne, je lui dirai de vous envoyer une lettre. Si vous n'en recevez pas… Vous aurez compris.
-Vous êtes gentille.
-Non, ce n'est pas à moi de décider. Il est libre de penser et d'agir. Je ne l'influerai en aucune manière.
-D'accord. Maintenant, je vous laisse partir, je ne veux pas qu'il s'angoisse par ma faute.
-Au revoir, Madame.
-Au revoir Silvana.

Lorsqu'elle arriva à la brasserie, Silvana fut accueillie par son mari anxieux :
-Je commençais à m'inquiéter, tu es allée faire des courses ?
-Non, tu sais bien que je t'aurais averti, répondit-elle, calmement.
-Pourquoi es-tu aussi en retard ? Tu as eu un problème ? Il t'est arrivé quelque chose ?
-Non, ne t'en fais pas. J'ai juste rencontré une personne qui tenait particulièrement à m'entretenir de certains faits.
-Ah bon, de qui s'agissait-il ?
-Tu n'as pas une petite idée ?
-Non, comment pourrais-je le savoir ?
-Ta marraine !
-Que voulait-elle ? demanda-t-il, le visage soudain rembruni.
-Me raconter son histoire. Tu sais, elle n'a pas tous les torts. Elle aimerait que je te la relate, et que je te convainque de…

-Je ne veux rien savoir, l'interrompit-il. Je t'ai dit que je voulais couper tous les liens avec mon passé. Ma famille c'est toi maintenant, et Mario.
-Tu pourrais au moins essayer de comprendre.
-Je n'ai rien à comprendre. Le passé est le passé. L'important pour moi c'est le présent, et l'avenir avec toi et notre futur bébé.
-Elle pourrait faire partie de notre avenir si tu voulais.
-Si tu continues, je vais me mettre en colère. Ma décision est catégorique, un point c'est tout. Ce n'est plus la peine de revenir sur le sujet. Tu as compris ?
-Oui, j'ai compris. J'aurais au moins essayé. En tout cas, elle savait où me trouver, que j'étais enceinte, et que nous étions mariés.
-Justement, le problème est bien là. Elle ne peut nous attirer que des ennuis. Entre elle et mon père, je me méfie.
-Je suis désolée, je n'aurais peut-être pas dû l'écouter. Tu es fâché avec moi ?
-Non, tu as cru bien faire. Ne t'inquiète pas. Je t'aime, ce n'est pas elle qui va nous séparer.

Il l'attira contre lui et l'embrassa. Il était contrarié, mais ne voulait pas le lui dire. Il espérait que Serena s'en tint là. Elle avait certainement eu recours à un détective pour le retrouver. Il savait que sa marraine n'était pas aussi douce et désintéressée que Térésa. Il l'avait entendue parler de sa façon d'agir par le passé avec certaines personnes qui se mettaient en travers de son chemin. À cette époque, il l'admirait et ne pensait pas qu'elle pût mal se comporter. Depuis, il avait mûri.

Après cet incident, ils n'entendirent plus parler de Serena. La vie continua, de mieux en mieux. Enzo obtenait de plus en plus de travail dans la photographie, l'argent rentrait et ils purent, deux mois avant la naissance du bébé, emménager dans un petit appartement, non loin de la brasserie. C'est par un beau matin de printemps que le petit Livio vit le jour. Il avait les mêmes cheveux noirs de jais que son papa, et les yeux verts de sa maman. Enzo et Silvana étaient au comble du bonheur. Cet enfant représentait pour eux un avenir sous les meilleurs auspices. Ils n'avaient pas de problème de nounou, ils emmenaient leur bébé pour travailler, avec l'entière approbation de Mario. Cet enfant sage et souriant apportait joie et satisfaction au sein de la brasserie.

Silvana passa ses examens avec brio. Elle pouvait dorénavant postuler pour un emploi d'interprète, ce qu'elle ne tarda pas à faire. La chance les accompagnait. Elle fut convoquée pour effectuer des tests dans une entreprise d'import-export, située sur le port de Naples. La personne qu'elle rencontra était fort aimable. Elle lui présenta l'entreprise comme une structure familiale dans laquelle la confiance devait régner. Elle fit parler Silvana de sa vie, de ses aspirations. Lorsqu'elles se quittèrent, elle lui dit : « Vous me plaisez beaucoup et je vais parler de vous en bien avec l'équipe. Je pense que je vous rappellerai très bientôt pour signer un contrat. Vous viendrez avec votre bébé, je serais très heureuse de le connaître. »

Silvana n'eut pas à attendre plus d'une semaine. Un après-midi, elle reçut un appel :

-Bonjour Silvana. Nous avons discuté de vous avec mes frères. Ils désirent vous rencontrer afin de valider mon jugement. Ce n'est qu'une formalité, vous n'avez pas à vous inquiéter, je suis sûre que vous allez également les séduire. Pouvez-vous venir demain matin vers dix heures ?
-Oui, il n'y a pas de problème. Répondit-elle.
-N'oubliez pas d'emmener votre petit garçon.
-Vous êtes certaine que cela ne dérangera pas ?
-Non pas du tout. Je vous ai dit que j'adorais les enfants. Il y aura mon neveu de deux ans également. Je vous ai expliqué que nous travaillions en famille.
-Alors d'accord. À demain.

C'est donc le cœur léger, sous un soleil resplendissant, que Silvana se rendit à son rendez-vous, le lendemain, avec Livio. Elle avait promis de téléphoner à Enzo et Mario d'une cabine, tout de suite en sortant de son entrevue afin de confirmer son embauche quasi certaine.

Vers midi, Mario interrogea Enzo :
-Silvana n'a pas encore appelé ?
-Non, et ça m'étonne. Elle devrait déjà avoir terminé.

-Tu sais, parfois pendant les entretiens on ne voit pas le temps passer. Leurs estomacs vont les rappeler à l'ordre. Peut-être l'ont-ils l'invitée au restaurant.
-Elle m'aurait prévenue.
-Oui, c'est vrai. Alors, je pense qu'elle ne va plus tarder.
-J'espère que tu as raison.

Le coup de feu, pendant lequel ils n'eurent pas trop de temps pour discuter, ni même pour penser, se termina. Silvana ne s'était pas montrée. Mario demanda à nouveau à Enzo :
-Toujours pas de nouvelles ?
-Non, ça m'inquiète vraiment, cette fois.
-Elle n'a peut-être pas trouvé de cabine téléphonique.
-Ça m'étonnerait.
-Ou alors, ils ont voulu qu'elle commence à travailler tout de suite, et elle rentrera ce soir.
-Non, elle m'aurait averti. Elle sait que je m'inquiète facilement.
-Elle n'aurait quand même pas eu un accident ?
-C'est ce qui me fait peur. Ce n'est pas normal.
-Appelle l'hôpital.
-Oui, je le fais tout de suite.

Enzo s'exécuta. Non, personne répondant, ni à leur nom, ni à leur signalement, n'avait été admis ce jour-là. La gendarmerie lui fit la même réponse négative. Il partit à son appartement en courant pour le cas où... Mais celui-ci était désert. Il était tel que le jeune couple l'avait laissé en le quittant le matin même. Aucun indice ne laissait penser que Silvana ait pu rentrer, puis repartir. Enzo retourna à la brasserie avec l'espoir que sa visite à l'appartement ait été inutile, et que sa bien-aimée était revenue entre temps. Malheureusement, ce ne fut pas le cas. Qu'est-ce qui avait bien pu se passer ? L'attente devint interminable. La journée s'acheva, Silvana et Livio ne réapparurent pas. L'inquiétude les rongeait. Même Daniela, la nouvelle employée appelée à remplacer Silvana, était préoccupée. Mario renvoya Enzo chez lui, lui-même resterait à la brasserie toute la nuit s'il le fallait, et le premier qui obtiendrait des nouvelles avertirait l'autre. Cela ne faisait aucun doute pour lui, tôt ou tard ils finiraient par savoir ce qui était arrivé. Le lendemain matin, Enzo arriva les traits tirés. Il n'avait pas dormi, cherchant désespérément une explication à cette inquiétante disparition, imaginant toutes les hypothèses les plus incongrues les unes que les autres. Il savait que Silvana était incapable de partir ainsi sans un mot, ni même de priver son enfant de son père. Alors quoi ? Il rappela l'hôpital et la gendarmerie. La réponse était la même que la veille.

-Et si c'était mon père ? dit soudain Enzo à Mario.

-Comment ça ton père ?

-S'il les avait kidnappés ?

-Tu n'y penses pas ! Pourquoi aurait-il fait une pareille chose ?

-Pour me faire chanter, peut-être... pour que je revienne vivre chez lui.

-Après tant de temps ?

-Pourquoi pas, après tout ? Venant de lui ça ne m'étonnerait pas.

-Non, ce n'est pas possible. Je n'imagine pas un père utilisant un tel stratagème pour ramener son fils chez lui.

-Alors, qu'a-t-il bien pu se passer ? Ils n'ont pas eu d'accident, Silvana ne serait pas partie délibérément, je ne vois que cette solution : c'est un rapt !

-Un rapt ! C'est insensé.

-Pourtant, plus j'y pense, et plus cette idée m'obsède.

-Téléphone déjà à l'entreprise où elle devait se rendre. Ils pourront certainement te renseigner. Au moins, te dire si elle s'est présentée et à quelle heure elle est partie.

-Je n'y avais même pas pensé. Je suis un âne. C'est la première chose que j'aurais dû faire.

-Tu as le numéro, au moins ?

-Non. Elle ne me l'a pas donné, je ne connais même pas le nom de l'entreprise. Elle m'a simplement dit qu'il s'agissait d'une nouvelle structure d'import-export, et que les locaux n'étaient pas encore complètement installés. Je suppose que je trouverai dans ses papiers, à la maison.

-Alors, va vite le chercher. Je suis impatient d'entendre leur réponse.

Il ne fallut pas plus d'un quart d'heure à Enzo pour aller et venir. Tout essoufflé, il brandit des feuilles dans la main.

-J'ai tout trouvé, dit-il à Mario, le numéro et l'adresse.

Il composa le numéro de téléphone inscrit sur la correspondance de Silvana. La sonnerie retentit longuement, pendant longtemps, mais ne déboucha sur aucun interlocuteur.

-Il est peut-être trop tôt, remarqua Mario. Il n'est que huit heures, tu réessayeras un peu plus tard.

Enzo recomposa le numéro à neuf heures, et encore une heure après. Les questions redoublaient. Pourquoi personne ne répondait ? N'y tenant plus, il décida finalement de se rendre sur place. Il eut du mal à trouver l'endroit exact. Il dut demander son chemin plusieurs fois à des passants. Lorsqu'il parvint enfin à destination, c'est la stupeur et l'effroi qui le parcoururent. Il s'agissait d'un hangar désaffecté. Son épouse y était pourtant déjà allée une première fois, et n'avait jamais mentionné qu'il s'agissait d'une fausse adresse. Si elle-même avait été mal renseignée au départ, elle n'aurait pas manqué d'en parler à son mari. De cela, Enzo en était certain. Quel mystère planait autour de cette disparition ? Mario ne pensait pas que cela put être l'œuvre d'un père, mais il ne connaissait pas Flavio, après tout. Plus Enzo y songeait, plus il se persuadait qu'il s'agissait bel et bien d'un rapt, orchestré par son père. Il décida de se rendre au bureau de celui-ci. En chemin, il se rappela la visite de Serena à Silvana. Ils devaient être de mèche tous les deux. L'interlocutrice de Silvana pour la pseudo-embauche était une femme, nul doute qu'il s'agissait de sa marraine. Non, Silvana avait déjà rencontré Serena. Il chassa cette pensée. Il s'agissait peut-être d'une complice, alors... Au fur et à mesure que la distance vers le bureau de son père se réduisait, la tension, la colère, la rage montaient en lui. À cette heure de la journée, il devait s'y trouver. Telle une furie, il s'introduisit dans le bâtiment et monta les marches d'escalier deux à deux. Il passa le barrage de la

secrétaire, décontenancée par tant de ferveur, et ouvrit la porte de Flavio. Alors que le fils se dirigeait vers le père, celui-ci s'écria avec un grand sourire : « Ah ! Enfin, le fils prodigue est de retour ! » Enzo avait parcouru les six mètres qui les séparaient, empoigna Flavio par le col de chemise et lui cria, menaçant :
 -Où sont ma femme et mon fils ?
 -Ta femme ? Ton fils ? Comment ça ? répondit-il, tout à coup moins enjoué.
 -Ne fais pas l'ignorant. Je sais que c'est toi. Si tu ne me dis pas dans l'instant ce que tu as fait d'eux, je te tue.
 -Mais lâche-moi ! Je n'y suis pour rien s'ils ont disparu. Je ne savais même pas que tu étais marié et que tu avais un fils. De quoi parles-tu ?

Les nerfs d'Enzo le l'abandonnèrent soudain. La tension de la nuit avait eu gain de cause. Il s'assit dans un fauteuil et se mit à pleurer. Flavio, ému, prit une voix douce, et rajustant sa cravate, s'adressa à lui :
 -Que s'est-il passé, fils ? Qu'est-il arrivé ? Je ne comprends rien à ce que tu me dis. Je te jure que je n'y suis absolument pour rien s'ils ont disparu. Raconte-moi, je peux t'aider, peut-être. Je suis vraiment désolé de ce qui t'arrive, mais je te le dis encore, je n'y suis pour rien. Je sais trop ce que représente un fils pour me permettre de m'en prendre au tien, même si mes activités ne sont pas catholiques. Quel âge a-t-il ?
 -Six mois.
 -Mais c'est un bébé !
 -Ben, oui.

-Es-tu allé à l'hôpital ? Il était peut-être malade et sa mère l'y a conduit sans pouvoir t'avertir.
-Elle l'aurait fait, d'une manière ou d'une autre.
-Bon, écoute, j'annule mes rendez-vous de la journée et nous allons essayer de les trouver ensemble. Je connais certaines personnes à qui je peux poser des questions. En même temps, tu me raconteras tout. Tu es d'accord ?
-Oui. Mais Serena ne t'avait rien dit ?
-Serena ? Tu la voyais ?
-Non. Je sais qu'elle surveillait ma vie, étant donné qu'elle avait interpellé Silvana, un jour, avant la naissance du bébé, afin de lui demander d'intervenir en sa faveur auprès de moi.
-Elle ne m'en a jamais parlé. C'est bizarre.
-Tu crois que la disparition peut provenir d'elle ?
-En tout cas, si c'est elle, je le saurai et elle le regrettera. Sur ce point, je serai intransigeant ! Je sais que je n'ai pas été un père parfait, et je le regrette sincèrement. Si je pouvais me racheter, je le ferais volontiers.
-Ce n'est pas le propos.
-Oui, tu as raison. Je vais voir ma secrétaire et nous y allons.

Enzo avait, pour la première fois de sa vie, l'impression que son père était « humain ». Étaient-ce les circonstances, une simple illusion, ou la réalité ? Il paraissait sincère. Le jeune homme avait envie d'y croire, il se sentait perdu. Ils parcoururent les rues de Naples, s'arrêtant dans certains quartiers, parfois peu fréquentables, posant des questions, montrant les photos des deux disparus, en déposant quelquefois. À la fin de la journée, Flavio invita son fils à manger dans une pizzeria. Ils étaient exténués et n'avaient rien trouvé. La mère et l'enfant avaient disparu sans laisser de trace. Paradoxe : le père et le fils avaient l'air de se retrouver. « Quand je pense que j'étais grand-père et que je ne le savais pas ! J'ai vraiment tout gâché. J'ai hâte de le retrouver et de le connaître », s'était exclamé Flavio. Enzo n'avait pas répondu, perdu dans ses pensées et ses questionnements. Serena, qu'ils avaient contactée par téléphone avait répondu être vraiment consternée mais ne rien savoir de toute cette affaire. Elle avait proposé son aide pour les recherches, que les deux hommes avaient bien évidemment acceptée. Elle s'était engagée à joindre tous ses contacts susceptibles de donner des informations essentielles. En raccompagnant son fils, le soir, Flavio lui avait dit : « Demain, j'appelle un détective privé, j'en connais un très bon, le meilleur. Lui, il trouvera. » Enzo était rentré dans son appartement vide, plein d'espoir.

Les jours passèrent, puis les semaines, et les mois, Silvana et Livio restèrent introuvables. Le détective, contacté par Flavio, pourtant réputé pour ses nombreux succès, ne trouva même pas l'once d'un indice. On eût dit que la mère et l'enfant s'étaient évaporés. Enzo n'avait pas voulu changer ses habitudes, et continuait de travailler à la brasserie, pour le cas où… Il passait néanmoins du temps chez son père, avec qui il avait renoué des liens plus forts. Flavio et Serena en étaient très heureux, même s'ils savaient que leur bonheur était le prix du malheur de leur fils. Un proverbe dit : « A toute chose, malheur est bon ». Cela s'avérait exact pour le couple. Pour Enzo également, dans un sens. La douleur qu'il ressentait transpirait dans ses clichés. Son père l'avait enclin à organiser une exposition qui avait eu un franc succès.

C'est lors d'un reportage pour lequel on l'avait appelé à Paris qu'il crut vraiment retrouver sa bien-aimée. Au début de sa disparition, il s'imaginait la voir à chaque coin de rue. Il lui était même arrivé d'interpeller des jeunes femmes, pour se rendre à l'évidence qu'elles n'avaient rien à voir avec Silvana. Il se trouvait à l'aéroport international, patientant pour le vol qui devait le ramener en Italie. Une jeune femme était assise sur un banc, avec un enfant d'à peu près le même âge que Livio aurait dû avoir. Un petit garçon aux cheveux très bruns et au teint mat, comme lui. Elle, avait les mêmes yeux, le même regard, mais était rousse. Silvana n'aimait pas les cheveux teints, encore moins cette couleur. Était-il possible que cela fût elle, malgré tout ? De loin, il l'observait. Elle possédait les mêmes gestes, la même douceur. Il avait longuement hésité, et avait fini par s'approcher. « Silvana », avait-il dit, se plantant devant elle. Elle avait levé la tête, l'avait fixé, comme figée. À ce moment, avant même qu'elle ait pu répondre, une petite fille, plus âgée que Livio, l'avait rejointe en lui disant : « Maman, j'ai envie de faire pipi, papa a dit que tu m'emmènes ». Elle s'était exprimée dans la langue anglaise. La femme avait instantanément tourné la tête vers sa fille, la vieille dame assise à côté d'elle lui avait dit : « Je m'occupe de Jordy, Hilary, emmène ta fille aux toilettes ». Non décidément, son imagination lui avait encore joué des tours. Les prénoms ne correspondaient pas, la couleur des cheveux ne correspondait pas, la fillette ne correspondait pas, la langue ne correspondait pas, encore que... « Veuillez me pardonner, dit-il dans un anglais incertain, j'ai fait une erreur ». Et il tourna les talons.

Il n'avait pas pu voir le regard désespéré de la jeune femme qui se levait pour s'occuper de sa fille.

Ce jour-là, il comprit qu'il ne reverrait jamais les amours de sa vie. Il rentra à Naples, très endurci, quitta Mario et la photo, et rejoignit son père dans les affaires.

Une chose qu'il avait pourtant juré de ne jamais faire.

L'araignée loup

OLIVER

Alors qu'Oliver avait toujours vécu pour la musique, que là était la seule raison de son abandon de Marta, et de son arrivée à Los Angeles, les doutes l'assaillaient. Le sacrifice en valait-il la peine ? Il n'avait pas touché sa guitare depuis qu'il avait débarqué dans la ville « où tout est possible », avec son instrument et ses illusions. Ses économies fondaient à vue d'œil. La lugubre chambre qu'il avait trouvée à louer dans un motel minable lui coûtait une fortune. Il avait beau économiser sur la nourriture, l'argent filait malgré tout. Un matin, il se parla à lui-même : « Il faut savoir ce que tu veux, vieux. Tu as tout abandonné dans ton Kansas natal, car tu y étouffais. Ici, tu n'es pas le seul à vouloir la gloire. Personne ne t'attend. L'oisiveté ne rapporte rien. Ou tu te bouges, ou tu retournes chez toi. »

Cette idée le fit sursauter. « Retourner chez moi ? reprit-il en pensée. Impossible ! Je serais la risée du village. Et Marta ? Avec tout le mal que je lui ai fait, la côtoyer tous les jours sans qu'elle m'adresse la parole ? Allez... Je me donne encore deux jours pour composer. Ensuite, j'appellerai mes contacts. »

Il prit une feuille de papier et commença à griffonner. Quelques mots tout d'abord, au hasard, puis des idées, des phrases. Il attrapa sa guitare, et après quelques accords, relut ses écrits au son d'une musique improvisée, se mariant harmonieusement avec ceux-ci. Un ajout par ci, une correction par là, tout à coup l'inspiration lui revenait. La chanson qu'il faisait naître commençait à prendre forme. Il maniait les mots, les notes, les remaniait. Il créait, créait, ne pouvait plus s'arrêter. Il travailla ainsi durant des heures, oubliant de boire et de manger. Ce fut un grand coup contre le mur, provenant d'un voisin mécontent, qui le fit revenir à la réalité.

Oliver était ainsi, passionné. La musique passait avant tout. Marta ne venait qu'en second et elle le savait, d'où l'objet de leurs nombreuses disputes. Elle se moquait de lui parfois : « Tu n'es qu'un petit musicien de deuxième classe, tu vis dans tes rêves, reviens sur terre. » Et lui de répondre : « Tu ne veux pas me comprendre. Un jour, quelqu'un reconnaîtra mon talent. Tu verras. » Elle lui riait au nez, et ils se faisaient la tête durant plusieurs jours. C'est lors de leur dernière dispute qu'il avait pris LA décision. Elle l'avait sommé de choisir : la musique ou elle. Ils étaient tous deux âgés d'une trentaine d'années. Elle estimait qu'il était temps de se projeter dans l'avenir et désirait construire sa vie. Oliver s'était donc décidé. Il avait plaqué son groupe de musiciens qui l'occupait pendant tous ses temps libres, son emploi de cuisinier, avait compté ses économies, et s'était envolé pour la Côte Ouest. Il s'agissait d'un coup de tête. Il n'avait pas vraiment réfléchi, et se trouva désemparé à son arrivée. Il ne pensait pas découvrir une ville aussi immense et impersonnelle. Mais il y était, et il devait assumer.

«Ma vie sans toi », « Je t'ai perdue à jamais», « Le soleil a quitté mon cœur», étaient autant de titres de chansons mélancoliques qu'Oliver composait en songeant à Marta. Persuadé d'une gloire prochaine, son énergie revenait. Il se sentait à nouveau l'âme d'un battant. Il savait son amour perdu. Il avait choisi. Il devait vivre avec cette idée et il voulait prouver qu'il avait eu raison. Un jour, il reviendrait au village, et ils verraient... Tous... Autant Marta que les autres.

Dans un premier temps, il lui fallait trouver de l'argent afin de se nourrir un peu plus correctement. Après avoir proposé en vain ses services en tant que guitariste dans de nombreux établissements, il prit un travail de plongeur dans un restaurant. Il continua à frapper aux portes de producteurs de renom, puis d'autres, moins connus. Rien n'y fit. Il se lia d'amitié avec Steven, un jeune homme d'à peu près le même âge que lui, et qui venait également du Kansas, leur seul point commun. Oliver était un grand garçon blond, élancé, calme, sérieux, travailleur. À l'opposé, Steven paraissait plus trapu. Il portait ses longs cheveux noirs, attachés en une queue-de-cheval basse. Ses yeux foncés et son teint très mat révélaient des origines sioux. Il aimait s'amuser, faire la fête, danser. Lui aussi était venu pour trouver la célébrité, et lui aussi avait déchanté en arrivant. Ils s'étaient rencontrés à une audition, et se retrouvaient souvent au gré de celles-ci. Ils bâtissaient ensemble des plans sur la comète en imaginant la gloire : « Lorsque nous serons connus, nous ferons ceci, nous nous permettrons cela, nous irons à tel endroit ». Ils se voyaient roulant en Lincoln ou Cadillac, habitant dans un loft sur Sunset boulevard, Bel Air ou Beverly Hills, y recevant des célébrités telles que Nat King Cole, Miles Davis, et même Elvis Presley. Ils voyageraient en jet privé et visiteraient les quatre coins du monde. Ils seraient vénérés et adulés.

En attendant, Oliver vivota de petits boulots pendant une longue année. Il n'eut plus aucune nouvelle de Marta même si le souvenir de celle-ci ne le quittait pas. Il finit par obtenir un emploi de factotum dans une petite résidence vétuste, la « Star's stars », où vivaient des gens, retraités modestes du showbiz. La charge de travail n'était pas énorme et son salaire était en fonction de celui-ci. L'avantage est qu'il était logé gratuitement. Cette situation lui convenait très bien. Il disposait ainsi de suffisamment de temps libre pour se livrer à sa passion, et préparer des auditions. Il avait envoyé une longue lettre à Marta, lui demandant pardon pour le mal qu'il lui avait certainement causé, et lui proposant de venir le rejoindre, maintenant qu'il avait un emploi fixe. Elle ne lui répondit pas.

Une certaine Martha Kent, femme de soixante-quinze printemps, « bien conservée pour son âge » comme il aimait le lui dire sur le ton de la plaisanterie, et qui avait joué des rôles de seconde zone au cinéma, était devenue son amie. Elle était toujours bien coiffée, maquillée avec soin et vêtue élégamment. La danse qu'elle avait longtemps pratiquée lui conférait un port de tête royal.

Martha Kent était également une oratrice hors pair. Oliver ne se lassait jamais de l'écouter. Elle lui racontait tout de sa vie qui avait été bien remplie : son enfance, ses expériences dans le métier, ses aventures avec les hommes, ses espoirs déçus et ses joies. Elle n'était pas nostalgique, bien au contraire. Ses récits étaient vivants, enjoués, et dotés d'un humour certain, même lorsqu'elle évoquait ses souvenirs malheureux. Martha Kent avait perdu son mari, son fils et sa bru bien des années auparavant dans l'explosion de leur villa à Beverly Hills. Un dysfonctionnement de la chaudière avait eu raison de l'habitation. Au moment du drame, elle était partie en promenade avec son petit-fils, ce qui leur avait valu d'y échapper. Elle avait élevé cet enfant, devenu orphelin. Depuis, il avait épousé une jeune femme très jalouse et exclusive, avec qui Martha Kent ne s'entendait pas. Le couple s'était installé en Floride et avait fini par couper les ponts. Le jeune homme n'était plus jamais venu voir sa grand-mère. Celle-ci s'était donc retirée dans cette résidence, où elle côtoyait des gens de son milieu. « Je me suis toujours battue contre l'adversité, ce n'est pas parce que je suis défraîchie que je vais me laisser aller », disait-elle toujours, d'un ton enjoué. Elle avait accepté chaque évènement de sa vie avec philosophie. «La vie continue toujours, malgré tout. Alors, autant essayer de la vivre du mieux que l'on peut », disait-elle. Oliver aimait sa bonne humeur constante. Elle l'encourageait à jouer de la guitare. « En revanche, ta Marta avait raison en ce qui concerne la composition, tu n'es vraiment pas génial !» lui avait-elle dit, très franchement. Il savait tout d'elle, et elle savait tout de lui. Elle était la mère qu'il n'avait plus, il était le fils qu'elle n'avait plus. Ils s'étaient trouvés, voilà tout. Le fait qu'elle portât le même prénom que sa bien-aimée le rassurait quelque part. Il se disait que c'était un signe du destin et que peut-être, un jour, il retrouverait son amour perdu. Lorsqu'il était triste, c'est elle qui lui remontait le moral. Surtout lorsqu'il échouait aux auditions.

Ce fut un problème bien plus grave qui l'amena à frapper à la porte de Martha Kent, ce jour-là.
-Que t'arrive-t-il ? Tu m'as l'air bien grave, aujourd'hui, lui dit-elle en ouvrant.
-J'ai reçu une lettre du Kansas.
-Ah, c'est ta Marta qui se décide enfin à t'écrire ?
-Non, répliqua-t-il, éclatant en sanglots.
-Alors qui, pour que ça te mette dans un tel état ?
-Un juge !
-Tu as des problèmes avec la justice ?
-Non.
-Bon alors, calme-toi, maintenant. Viens t'asseoir là. Elle lui montra le canapé. Explique-moi ce qui se passe. Je ne vais pas te sortir les vers du nez tout l'après-midi !

Il s'installa sur le sofa.
- Alors, que te veut ce juge, si tu n'as rien à te reprocher ?
-Il m'annonce le décès de Marta.

-Oh, c'est bien triste ! Je comprends ta peine. Je suis vraiment désolée. Mais pourquoi est-ce un juge qui t'apprend cette nouvelle ?

-Parce que Marta a eu une fille, et celle-ci va être placée dans un orphelinat si je ne me manifeste pas.

-Mais… pourquoi toi ? Elle n'est pas ta fille !

-Si, justement !

-Tu ne m'en avais jamais parlé.

-Je ne le savais pas. Apparemment, Marta était enceinte lorsque nous nous sommes quittés, je suppose qu'elle n'a rien voulu me dire. Elle a perdu la vie dans un accident de voiture lorsque la petite avait un an. C'est la grand-mère qui s'en occupait jusqu'à présent, mais elle vient de décéder, elle aussi. L'enfant n'a plus que moi. Que vais-je faire ?

-Comment cela que vas-tu faire ? répliqua Martha d'un ton indigné. Tu vas aller chercher ta fille tout simplement, et tu vas l'élever, comme tout père qui se respecte. Tu ne vas tout de même pas l'abandonner à son sort.

-Non, bien sûr. Mais comment vais-je m'y prendre ? Je ne connais rien aux enfants, moi.

-Eh bien, tu apprendras ! Et n'emploie pas cet air penaud. C'est un beau cadeau que te fait la vie, prends-le comme tel. Tu t'organiseras et tu verras que ce n'est pas aussi compliqué que ça de s'occuper d'un enfant. Tu vas téléphoner à ce juge et lui dire que tu vas venir chercher la fillette au plus tôt, même demain si c'est possible.

-Demain ???

-Enfin, qui crois-tu qui s'en occupe actuellement ? Elle est certainement prise en charge par les services sociaux,

et rencontre tout un tas de monde qu'elle ne connaît pas. La pauvre enfant doit être perdue.
-Oui, vous avez raison. Je vais appeler tout de suite le juge et l'aéroport.

Oliver s'exécuta et prit l'avion le lendemain matin. Il ne fit qu'un aller-retour vers ses origines. En quittant l'aéroport, il s'était rendu directement chez l'homme de loi, à Olathe. Il n'avait pas voulu s'attarder à rendre visite à ses anciens amis de Forestlap, son village natal, situé à quelques kilomètres, à peine, d'Ottawa. Il aurait dû subir leurs quolibets, le qualifiant de « looser » et de « raté », alors qu'il leur avait promis un retour triomphal. Non, il ne voulait vraiment pas se prêter à ce genre de scénario. La fillette avait été confiée à une famille d'accueil en attendant l'arrivée de son père. Oliver alla la chercher, le cœur battant. Cette enfant qu'il ne connaissait pas, qui allait désormais faire partie de sa vie, dont l'avenir dépendait de lui, dorénavant, comment allait-elle l'accueillir ? Ressemblait-elle à Marta ? Allait-elle beaucoup pleurer ? Comment allait-il gérer la situation ? Oliver sonna à l'adresse indiquée sur les papiers remis par le juge. Ce fut une jolie petite fille aux longs cheveux blonds et bouclés qui vint lui ouvrir la porte. Le sourire qu'elle lui adressa découvrit des petites dents blanches, bien rangées. Son regard bleu océan plongea dans le sien, et d'une voix claire, elle lui dit :

-Ça y est, tu viens me chercher ?

Oliver éprouva une étrange sensation. Il avait l'impression que ses jambes se dérobaient. La chaleur gagnait son corps tout entier. Comme neige au soleil, il fondait littéralement devant cet ange qui, après un petit « oui » sorti, il ne savait comment, de sa bouche en guise de réponse, le faisait pénétrer à l'intérieur de la maison. Elle continuait à parler : « je savais que tu viendrais. J'ai préparé mes affaires, mais avant qu'on s'en aille, il faut que tu parles à tata Pam. Elle a dit que tu devais signer des papiers. Et puis elle a des choses à te dire. On va prendre l'avion, dit ? J'ai jamais pris l'avion moi. Il y en a qui ont peur, mais moi j'ai pas peur, tu sais ? » Un flot de paroles déferlait sur ce nouveau papa. Toutes ses craintes s'envolaient au rythme des mots. Il était conquis. L'avenir lui paraissait soudain plus serein.

Le temps du vol de retour paru inexistant. L'enfant, très curieuse, ne tarissait pas de questions. Oliver essayait de lui répondre avec simplicité. Elle paraissait mûre pour son âge. Il faut dire qu'elle était déjà bien cabossée par la vie, cette pauvre petite. Sans qu'il eût à le lui demander, elle lui parla de sa courte existence avec sa grand-mère, de ses habitudes, de ses goûts.

C'est main dans la main qu'ils arrivèrent à la « Star's stars ».

Les douze personnes de la résidence étaient au courant du changement dans la vie d'Oliver. Toutes étaient là pour souhaiter la bienvenue à la fillette, soudain très intimidée, devant tant de monde face à elle.

Les questions et réponses fusaient :

-Comment t'appelles-tu ?
-Olivia.
-C'est un joli prénom. C'est presque le même que celui de ton papa.
-Je sais. Ma mamie m'a dit que ma maman l'avait fait exprès. Et toi, comment tu t'appelles ?
-Brenda.
-Et moi, je m'appelle Jordan, intervint un vieux monsieur barbu. Quel âge as-tu ?
-Trois ans et demi.
-Tu es grande pour ton âge, et puis tu parles bien. Moi, je suis Martha.
-Comme ma maman ?
-Oui, mais moi c'est Martha Kent.
-Ma maman, elle, ne s'appelait pas Kent.
-Oui c'est exact. Elle te ressemble beaucoup, Oliver, tu ne peux pas la renier. Elle a tes yeux, dit Martha en s'adressant à celui-ci.
-C'est ce que l'on m'a dit, répondit-il, fièrement.

La vie prit un nouveau tournant pour Oliver. Son logement de fonction contenait une deuxième chambre qu'il aménagea pour sa fille, tout en rose, selon ses désirs. Il dut s'habituer à vivre avec une personne chez lui, si petite eut-elle été, et surtout à s'en occuper. Heureusement, Martha Kent lui donnait de judicieux conseils. Il inscrivit Olivia à l'école. Il l'accompagnait et allait la chercher tous les jours. Il l'emmena dans tous les endroits qu'il fréquentait, lui présenta le peu d'amis qu'il possédait, dont Steven qu'elle appela d'emblée

« tonton ». Il faisait en sorte qu'elle ne manquât de rien. Petit à petit, son ambition initiale fut mise de côté. Son but devenait très différent de celui qu'il s'était fixé en arrivant à Los Angeles. Avec Olivia, Oliver avait réalisé que la célébrité n'était pas une finalité en soi. Son plaisir était de rendre sa fille heureuse. Il s'occupait énormément d'elle et essayait de pallier le manque représenté par le décès de sa mère puis de sa grand-mère. En fait, l'enfant ne semblait pas trop souffrir de ce changement. Elle était attachante. Toujours gaie, elle s'était très vite adaptée à sa nouvelle vie, et tout le monde l'avait adoptée. Elle apportait une bouffée d'air frais aux résidents.

Un jour de juin, Oliver rencontra Steven qu'il n'avait pas revu depuis un certain temps.

-Salut ! Oliver, tu vas bien ?
-Oui, et toi ?
-Je continue les auditions. J'ai réussi à décrocher un contrat de deux mois pour un remplacement de guitariste du quinze juillet au quinze septembre, dans un groupe.
-Super ! Je suis content pour toi.
-Et toi, toujours pas décidé à y retourner ? Tu en as loupé six en tout, ces temps derniers.
-Je t'ai déjà dit que pour moi la vie de bohème était terminée. Je ne peux plus m'amuser à vivre au jour le jour comme avant. La situation a changé, je suis père maintenant, avait-il répondu gravement.
-Mais enfin, Oliver, tu ne peux renoncer à tes rêves !
-J'ai mûri.

-Pas toi ! Passionné comme tu l'étais. Tu laisses véritablement tomber la musique, alors ?
-Non. Mais je dois me rendre à l'évidence. Je ne suis pas aussi doué que je le pensais. Marta, la mère d'Olivia me le disait, et Martha Kent me l'a confirmé. Je ne voulais pas y croire. J'ai réfléchi, et elles ont raison. J'obtiendrai certainement plus de satisfactions avec Olivia qu'avec la musique.
-Ça me déçoit venant de ta part. Tu étais mon moteur, comment vais-je faire maintenant ?
-Il faut savoir évoluer, mon vieux. Si tu tiens à la musique, tu n'as pas besoin de moi. Sinon, change d'optique. Voilà le conseil d'un homme nouveau. Nous avons beaucoup de souvenirs en commun, et nous sommes amis. Quelle que soit la direction que nous prendrons dans la vie, nous nous verrons toujours. Nous, nous forgerons des souvenirs différents, et aurons d'autres sujets de conversation.
-J'espère bien que nous resterons amis !
-Intérêt ! D'ailleurs, je suis en train de penser à quelque chose... Tu sais que nous approchons de la fête nationale. Un grand pique-nique est prévu dans le parc à côté de ma résidence pour l'occasion. Tu peux te joindre à nous si tu le désires. Olivia serait contente de te voir. Et tu sais que Martha Kent t'aime bien également.
-La vieille "ronchonne" ?
-Tu sais bien qu'elle fait exprès de t'embêter. Tu démarres toujours au quart de tour avec elle. Tu n'es pas obligé de venir, si tu ne veux pas.

L'araignée loup

-Mais oui, je viendrai. Je l'aime bien aussi Martha. Ça m'amuse de discuter avec elle. Est-ce que je peux venir avec quelqu'un ?
-Oh, tu as une chérie ? lui demanda Oliver, amusé
-Mais non, répondit Steven d'un air un peu gêné. Il s'agit d'une femme qui vient d'emménager dans mon immeuble. Apparemment, elle vit seule avec un bébé. Je n'ai pas l'impression qu'elle a beaucoup d'amis. Je n'ai d'ailleurs vu personne lui rendre visite depuis les deux mois qu'elle est arrivée. Elle a un regard perdu, presque apeuré lorsque je la croise dans les escaliers. Je pense que ça lui ferait peut-être du bien de rencontrer du monde.
-Alors tu as des vues sur elle ?
-Non, je te dis ! Ne m'énerve pas avec ça. C'est par pure charité. D'ailleurs, ce n'est pas dit qu'elle accepte.
-D'accord, j'arrête de t'embêter. Tu peux venir avec qui bon te semble. Je suis obligé de partir maintenant, c'est l'heure de la sortie d'école pour Olivia. Le rendez-vous est fixé à 11h le matin, passe à la résidence avant, on ira ensemble.
-OK, alors au 4 juillet. Papa poule ! lui dit Steven, sur un ton ironique.

Oliver se dirigea vers l'école, songeur. « C'est bien beau de faire le garçon sérieux, se dit-il, mais il va falloir que je me trouve un travail bien plus rémunérateur que celui-ci, si je veux assurer l'avenir de ma fille. Ce qui m'embête, c'est de quitter tous ces gens auxquels je me suis attaché ».

Le soleil rayonnait de toute sa splendeur en ce jour de fête nationale. Lui aussi semblait désirer commémorer l'indépendance américaine. Oliver avait préparé des sandwichs de toutes sortes. Steven arriva en fin de matinée avec son amie. Elle était charmante avec son air de madone et son joli poupon aux boucles brunes dans les bras. Le jeune homme fit les présentations. S'adressant à Oliver : « Voilà Hilary et son petit garçon, Jordy ». Puis, se tournant vers la jeune femme : « Je te présente Oliver et Olivia ».

Un sourire réciproque, une poignée de main échangée entre adultes, un petit bisou pour les enfants, le courant passa sur le champ.

Le petit groupe partit immédiatement. Le parc ne se situait qu'à cinq minutes de la résidence. Il avait été conçu autour d'un étang, le long duquel courait un sentier, très prisé des joggeurs. Les tables et bancs de bois, parsemés de-ci, de- là, étaient déjà occupés. Ils installèrent des couvertures dans l'herbe. La bonne humeur régnait en maître. Le repas fut excellent, et Oliver eut droit à des félicitations. Les oiseaux, en confiance, vinrent se délecter des miettes. Les anciens racontaient leurs souvenirs, les jeunes s'amusaient et chahutaient. Olivia jouait à la petite maman avec Jordy qui s'y prêtait volontiers.

-Les enfants s'entendent bien, dit tout à coup Oliver à Hilary.
-Oui, répondit celle-ci, simplement.

Ce n'était pas la première fois qu'Oliver essayait d'engager la conversation. Il aurait bien aimé pouvoir discuter avec elle. Son air mystérieux l'intriguait. « Je me demande quel peut bien être son vécu, se disait-il. J'ai l'impression que cette femme a énormément souffert. Son regard est triste et elle ne sourit guère. Où peut bien être son mari ? On voit qu'elle aime son fils, elle est douce avec lui, ses yeux ne le quittent pas d'une semelle. D'où peut-elle venir ? Elle a un léger accent, plutôt latin. Espagnol ? Italien ? Portugais ? C'est peut-être une réfugiée politique ? Pourquoi ne me répond-elle que par des monosyllabes ? Elle est timide ? Elle a peut-être quelque chose à cacher, mais ça m'étonnerait. J'aimerais bien la connaître un peu mieux. Je ne pense pas que Steven m'en voudrait. Depuis la fin du repas, il discute avec ce grand dadais, là-bas. Je pensais qu'il s'intéressait à elle, et qu'il allait en profiter pour lui sortir « le grand jeu », mais non ! Il ne lui a même pas demandé d'où elle venait. Alors que lorsque tous les deux nous, nous sommes connus, il n'arrêtait pas de me poser des questions. Cela en devenait même embarrassant.

Après tout, la vie de cette femme ne me regarde pas. Je me demande d'ailleurs ce qui me prend de m'interroger autant à son sujet.»

-Papa, papa, tu me réponds ? Alors ???

Perdu dans ses pensées, Oliver n'avait pas entendu sa fille lui parler, trépignant d'impatience.

-Euh, oui Olivia, qu'est-ce qu'il y a ?
-Alors, tu veux bien que Jordy et sa maman viennent pour mon anniversaire, la semaine prochaine ?
-Non, non, je ne veux pas vous déranger, protesta Hilary, l'air gêné.
-Si tu veux, ma chérie. Ils pourraient venir avec Steven. Je l'ai également invité.
-Ouiiii. Se réjouit Olivia.
-Vous savez, ça ne me dérange pas, bien au contraire, reprit Oliver à l'encontre d'Hilary. Ce serait bien pour Olivia qui ne voit pas beaucoup d'enfants. Je l'emmène parfois au parc, mais il y a peu de monde en cette saison. Les gens sont en vacances. Nous avons prévu de faire un petit repas avec Steven et Martha. Vous seriez les bienvenus. Et puis, regardez comme Jordy s'entend bien avec ma fille, il ne la quitte plus.
-Il est vrai que depuis que nous sommes arrivés en ville nous n'avons côtoyé personne.
-Alors, l'affaire est close. Cela fera du bien aux deux enfants, trancha Oliver non sans contentement.
À la nuit tombée, un superbe feu d'artifice fut tiré. Hilary, tenant dans les bras le petit Jordy endormi malgré le vacarme des fusées, les yeux levés vers le ciel, paraissait éblouie. « C'est la première fois que j'en vois un », avait-elle avoué avec ravissement. Elle paraissait plus détendue et cela réjouissait Oliver.

La semaine suivante, la veille de l'anniversaire, ils se rencontrèrent par hasard.

-Bonjour, Hilary, l'interpella-t-il
-Oh, bonjour, Oliver. Veuillez m'excuser, j'étais perdue dans mes pensées et ne vous avais pas vu.
-Vos pensées étaient agréables, j'espère ? répliqua-t-il, d'un petit air espiègle.
-Pas vraiment, mais ça n'a guère d'importance.
-Oh ! Pardonnez-moi, je ne voulais pas être indiscret, s'excusa-t-il.
-Il n'y a pas de mal.
-Qu'avez-vous fait de Jordy ?
-Je viens de le déposer à la garderie. On m'a conseillé de l'y habituer petit à petit afin de le familiariser à d'autres personnes que moi, et ainsi à bien parler l'américain.
-Il n'a pas été trop malheureux de vous quitter ?
-Même pas ! J'en ai été très étonnée. Il a été fasciné par tous les jouets à sa disposition. C'est plutôt moi qui avais la larme à l'œil. C'est la première fois que je me sépare de lui. Je dois aller le chercher dans une heure, cela va être long.
-Je peux vous offrir un café pour vous aider à passer le temps ? Il y a un bar en face.
-Vous n'avez pas autre chose à faire ? Olivia n'est pas avec vous ?
-Elle a voulu rester avec Martha Kent. Ça m'arrange, car je dois lui choisir un cadeau. Au fait, vous venez toujours demain avec Steven ?
-Oui, bien sûr.
-Et ce café, nous le prenons ? redemanda-t-il, pointant le doigt vers l'établissement.
-D'accord.

Ils traversèrent la rue, et s'installèrent à la terrasse.

-Vous désirez peut-être autre chose qu'un café ? s'enquit-il soudainement.
-Non, non, un café ira très bien. J'en suis une grande consommatrice de par mes origines.
-Ah bon ? D'où êtes-vous ?
-Je viens du Brésil, mais je vivais dans une diaspora italienne, dans une région viticole du Rio Grande.
-Ah, je comprends mieux votre petit accent.
-Mon gros accent, voulez-vous dire, répondit-elle avec un sourire d'excuse. Il y a un mélange de plusieurs langues. Je parlais essentiellement italien auparavant, ou plutôt un dialecte, le talian[2]. C'est pour ça que je dois habituer Jordy à l'accent américain.
-Il est petit, ce ne sera pas compliqué.
-Je l'espère.
-Et comment ça se fait que vous ayez atterri à Los Angeles ?

---

[2] À ce jour, presque tous les Brésiliens descendants d'Italiens parlent le portugais comme langue maternelle. Mais il y a encore une minorité de 500 000 personnes qui parlent l'italien, la majorité desquels usent un dialecte, le *Talian*, parlé dans les zones viticoles du Rio Grande do Sul.
L'italien fut interdit au Brésil dans les années 1930 par le président Getúlio Vargas, après la déclaration de guerre contre l'Italie. Toute manifestation de la culture italienne était considérée comme un crime. Ceci a contribué à la désaffection de la langue italienne parmi les descendants

-J'ai perdu mon mari, il y a quelques mois. J'ai tout quitté au Brésil afin de changer de vie.
-Et me voilà encore indiscret !
-Mais non, cela explique mes pensées moroses de tout à l'heure.
-Alors, parlons d'autres choses.
-Oui, je préfère. Steven m'a dit que vous vous étiez connus en passant des auditions, et que vous meniez une vie insouciante avant Olivia. Cela a dû énormément vous changer.
-Oui, mais je n'ai aucun regret. Olivia est tellement adorable, et m'apporte tellement de joie. Ce que je regrette, c'est de n'avoir un meilleur salaire afin de pouvoir la gâter. Je recherche un emploi plus intéressant.
-Il est vrai qu'un enfant représente une charge financière importante. Dans mon malheur, j'ai touché une coquette somme au décès de mon mari, ce qui me permet de rester auprès de Jordy le temps qu'il ait l'âge d'aller à l'école. Ensuite, je serai forcée de travailler, également.

Ils parlèrent ainsi durant toute l'heure qui leur était octroyée, sans la voir passer. Ils se quittèrent presque à regret, n'osant se l'avouer. Hilary alla chercher son fils, et Oliver repartit à la chasse au cadeau.

La fête du lendemain se passa le mieux du monde. Oliver avait préparé un joli gâteau rose. Olivia fut ravie de souffler ses quatre bougies. Elle ouvrit ses paquets et explosa de joie en découvrant une jolie poupée Barbie. Steven prit sa guitare, commença à jouer, à chanter, et étonnamment Hilary se mit à l'accompagner. Elle possédait une superbe voix au timbre mélodieux. Elle souriait, mimait les paroles, reprenait le refrain avec lui, paraissait heureuse. Elle s'entendait parfaitement avec Steven. Ils furent très applaudis. Matha Kent les félicita :

-C'était vraiment bien, vous devriez passer des auditions ensemble.
-Ça me fait plaisir de vous l'entendre dire. Je le lui ai déjà proposé, mais elle refuse, répondit Steven.
-J'avais confié à Steven que j'aimais chanter. Il m'a demandé de l'aider à travailler pour son nouveau contrat. C'est pour ça que je me suis permis de le suivre. Mais je ne veux pas le faire en public, répondit-elle, rougissant.
-C'est bien dommage, vous paraissez tellement complices tous les deux.
-Avec Steven, tout est facile.
-Vous voyez Martha, que j'ai du talent, vous vous êtes enfin décidée à me le dire.
-Nigaud, répliqua-t-elle du tac au tac, et faisant un clin d'œil discret à Hilary, c'est la petite qui ferait ta gloire, pas toi !
-Alors je peux la coacher et devenir son impresario.
-Laisse-la tranquille, tu ne lui attirerais que des ennuis. Elle t'a dit qu'elle ne voulait pas.
-Quand voudrez-vous reconnaître ma valeur ?
-Lorsque les poules auront des dents. Maintenant, le sujet est clos. Qui veut encore un morceau de gâteau ?

Le motif de discorde fut définitivement abandonné, et les conversations reprirent dans la bonne humeur. Steven savait que Martha aimait le taquiner et il s'y prêtait volontiers.

Quelques jours plus tard, Martha Kent eut une conversation avec Oliver :

-Elle te plaît Hilary, n'est-ce pas ?
-Comment ça elle me plaît ?
-Ne fais pas celui qui ne comprend pas, j'ai bien vu la façon dont tu la regardais.
-C'est vrai, elle me plaît, concéda-t-il, mais il y a deux raisons pour lesquelles il ne peut rien y avoir entre nous.
-Ah bon, lesquelles ?
-Tout d'abord, elle vient de perdre son mari. D'après ce qu'elle m'a dit, elle l'adorait. Je ne pense pas qu'elle soit prête à le remplacer de sitôt.
-Décidément, tu ne comprendras jamais rien à la vie. Que t'a donc appris ta mère ? Ce n'est pas parce qu'une femme vient de perdre son mari qu'elle ne peut tomber sous le charme d'un autre homme. Toi-même disais, il n'y a pas si longtemps, ne pas avoir envie de remplacer ta Marta. Elle est ton premier amour et l'on ne peut oublier son premier amour. Cela n'empêche que la vie continue. Tu as une enfant à élever, et une femme « style Hilary » ne serait pas de trop dans ta vie. Même si tu éprouves un amour différent de celui que tu ressentais pour ta Marta. Pour elle, c'est la même chose. Elle mettra juste un peu plus de temps pour tomber sous ton charme. Il ne faudra

pas aller trop vite. D'abord l'amitié, pour ça tu y es déjà, puis les sentiments amoureux, et ensuite la déclaration et l'engagement. N'oublie pas que, elle aussi, a un fils à élever.
 -Vous êtes vraiment incorrigible, Martha. Mais vous avez oublié un détail… de taille si je puis dire.
 -Lequel ?
 -Steven !
 -Comment ça Steven ?
 -Vous n'avez pas remarqué comme ils s'entendent bien tous les deux ? Comme ils sont à l'aise ensemble ? On dirait qu'ils se connaissent depuis toujours. Je ne voudrais pas marcher sur ses plates-bandes.
 -Mais enfin Oliver, tu le fais exprès, ou quoi ? Tu n'as pas remarqué ?
 -Quoi ?
 -Steven est gay !
 -Gay ?
 -Oui, gay !!! gay !!! Non pas heureux : pédé, si tu préfères !
 -Comment savez-vous ça ?
 -Ce n'est pas difficile. Ça se voit.
 -Je n'ai jamais rien vu, moi.
 -Ça ne m'étonne pas ! T'a-t-il déjà parlé d'un ancien amour ?
 -Oui, c'est pour ça qu'il a quitté sa région.
 -De quelle manière en parlait-il ? A-t-il précisé un prénom ? Disait-il «il » ou « elle » ?
 -En fait, je ne sais pas. Il ne s'est pas étendu sur le sujet. Il m'a juste dit qu'il avait laissé derrière lui un amour

impossible, et qu'il ne voulait plus en parler à quiconque afin d'oublier.

-Alors, s'il ne veut pas en parler... Et depuis que tu le connais, as-tu déjà remarqué s'il s'intéressait à une fille ? Ou en a-t-il simplement fait allusion ?

-Non. Il est vrai qu'il a toujours été très discret à ce propos.

-As-tu observé, au pique-nique du 4 juillet comme il discutait avec ce grand jeune homme ?

-Oui, c'est vrai. Ça m'a même un peu choqué de le voir passer plus de temps avec lui qu'avec nous. D'ailleurs, je crois même qu'il l'héberge, car la personne en question lui a dit ne pas avoir de logement actuellement. C'est bien de lui, de vouloir rendre service, même aux gens qu'il connaît à peine !

-Eh bien, nous y sommes ! Tu n'as rien vu, car tu es hétérosexuel, et de plus, un homme. Une femme sent ce genre de chose. Elle est plus à l'aise avec une personne de ce type. Elle sait qu'elle n'a rien à craindre de sa part, qu'il ne peut y avoir d'équivoque. C'est pour ça qu'Hilary est détendue avec lui.

-Pourquoi ne m'a-t-il rien dit ? Nous sommes amis, quand même !

-C'est très difficile d'en parler. Peu de gens admettent cet état de fait. Il doit avoir peur de ta réaction, et de perdre ton amitié. Il y a une forme de racisme vis-à-vis des homosexuels.

-Je suis un fervent admirateur de Martin Luther King. Je ne suis ni raciste, ni sectaire.

-Bien des gens disent ne pas l'être, et réagissent différemment devant les aveux. J'ai connu beaucoup de personnes hypocrites qui ont fait du mal à d'autres s'étant dévoilées.
-Mais je ne suis pas ainsi.
-Tu n'as qu'à le lui faire comprendre.
-Vous avez raison. La prochaine fois, je lui dirai de venir avec son colocataire. Au fait, pourquoi m'avez-vous demandé si Hilary me plaisait ?
-Parce que je ne vois plus beaucoup, malgré mes lunettes. J'ai l'intention de lui demander de venir de temps en temps pour me faire la lecture, discuter, me tenir compagnie. Je l'apprécie beaucoup, et la trouve très intéressante. Je préfère donner un salaire à une personne comme elle, en qui j'ai confiance, plutôt qu'à quelqu'un que je ne connais pas. De plus, Jordy est un enfant calme, elle pourra venir avec lui.
-C'est une très bonne idée, qui la séduira certainement.

Effectivement, Hilary fut très heureuse d'être sollicitée par Martha Kent, et y répondit favorablement.

Elles construisirent de très forts liens basés sur la confiance et l'affection réciproques. Elles discutaient longuement, se promenaient, lisaient et échangeaient leurs impressions. Chacune avait trouvé une famille en l'autre.

Le mois suivant sa conversation avec Martha Kent à propos de Steven, Oliver alla rendre visite à son ami. Celui-ci fut très surpris.

-Oliver ? Que se passe-t-il ?
-Rien de particulier. Je voulais seulement te voir.
-Tu ne viens jamais habituellement, je suis étonné.
-Tu es seul ?
-Bien sûr ! Avec qui voudrais-tu que je sois ?
-Ton colocataire.
-Ah, Gary ! Non, il travaille.
-Ne sois pas gêné.
-Pourquoi veux-tu que je sois gêné ?
-Parce que tu ne vis pas seul.
-Et alors ? Il n'avait pas de logement, je lui suis venu en aide. Tu en aurais fait autant à ma place.
-Certainement. C'est sérieux entre vous ?
-Je ne vois pas ce que tu veux dire.
-Tu sais très bien ce que je veux dire. Je sais que tu l'as rencontré au pique-nique du 4 juillet, et que depuis il s'est installé chez toi.
-Où est le mal ?
-Justement ! Je te le demande : où est le mal ? Pourquoi ne m'as-tu jamais parlé de Gary depuis que tu le connais ? Pourquoi ne m'as-tu pas dit qu'il partageait ta vie ? Il a fallu que je l'apprenne autrement. Je suis venu pour parler de ta situation.
-De ma situation ? Mais il n'y a rien à en dire.
-Tu ne veux vraiment pas me faire confiance ?
-Tu commences à m'énerver ! Arrête avec tes sous-entendus. Je n'ai rien à dire.
-Tu me déçois. Je pensais que notre amitié comptait autant pour toi que pour moi. Je voulais que tu me le dises

toi-même. Alors c'est moi qui vais te le dire. Je sais que tu préfères les hommes aux femmes. Que ton colocataire n'est en fait que ton amoureux ! Et je déplore que tu n'aies pas la franchise de me le dire. Crois-tu que ça vaille le coup de gâcher notre amitié ?
-Je savais que lorsque tu l'apprendrais tu ne voudrais plus me voir.
-Eh, bien tu vois, tu « savais mal ». Pour moi, ça ne change rien.
-Tu ne viens pas de me dire que ça gâchait notre amitié ?
-Pas du tout ! C'est le fait de ne pas être franc qui peut tout gâcher. Pas ta façon de vivre ta vie.
-Je suis désolé. C'est justement au nom de notre amitié que je ne voulais rien dire. J'avais tellement peur de te perdre, de perdre aussi Olivia, Martha Kent, et tous les autres. Vous êtes ma nouvelle famille. J'ai perdu la mienne lorsqu'ils ont su. Je ne voulais plus prendre de risque.
-Pour te dire franchement, c'est Martha qui m'a ouvert les yeux. Il y a très longtemps qu'elle le sait. Et à son avis, Hilary l'a compris. Ça me chagrine que tu ne m'en aies pas parlé toi-même, mais je te comprends et ne t'en veux pas. Maintenant que les choses sont claires, j'espère que tu nous présenteras Gary.
-Tu peux compter sur moi, répondit Steven mi riant, mi pleurant d'émotion.
-Tu es heureux, au moins, avec lui ?
-Oui, très heureux. Nous sommes deux handicapés à partager notre vie.

-Tu aurais dû aborder le sujet avec moi. Je t'aurais dit que je ne vois pas les homosexuels comme des handicapés, ni comme des tarés. Je ne veux pas que tu te sous-estimes. Tu es Steven qui préfère les hommes aux femmes. Un point c'est tout.
-Ça va, j'ai compris, Monsieur La Morale. Parlons d'autre chose, veux-tu ?

Oliver resta encore un petit moment avec Steven et ils parlèrent de sujets différents comme l'avait suggéré ce dernier. Lorsqu'ils se quittèrent, pour répondre au salut d'Oliver, Steven lui dit : « Au revoir, mon frère ».

Ainsi la situation fut plus claire entre les deux amis. Gary se révéla très sympathique aux yeux de tous. Il était très avenant, plaisant et amusant. Il gagnait sa vie en faisant des livraisons de toutes sortes et dans toute la ville. Ce métier lui plaisait, disait-il, parce qu'il lui permettait de côtoyer des gens de tous horizons, de tous types, et lui donnait l'impression de changer toujours de cadre de travail. Il savait mettre les personnes « dans sa poche », et n'hésitait pas à user de subterfuges pour arriver à ses fins. C'est ainsi qu'il avait fait croire à Steven qu'il vivait dans la rue afin d'investir son appartement. « Attention, je n'arnaque jamais les gens, précisait-il toujours, mais qui ne tente rien, n'a rien ». Sa décontraction s'opposait au caractère anxieux de Steven. Leur couple illustrait bien le dicton « les opposés s'attirent ».

Oliver et Hilary se voyaient souvent maintenant que cette dernière se rendait régulièrement chez Martha Kent. L'aïeule s'arrangeait pour les laisser seuls de temps en temps, et Hilary semblait apprécier ces moments-là.

Le seul bémol pour Oliver fut qu'il ne parvenait pas à trouver un travail convenable et mieux rémunéré, pour sa fille et lui. Comme il possédait un diplôme de cuisinier, il cherchait un emploi dans ce domaine. Ce qu'on lui offrait ne lui convenait jamais : horaires trop contraignants par rapport à la résidence, salaire peu motivant, lieu trop éloigné. Ou alors, l'employeur lui reprochait de ne pas avoir suffisamment d'expérience. Il commençait à désespérer.

Un jour, Steven arriva à la « Star's stars » tout excité. Il désirait rencontrer Oliver, mais ne le trouvait pas. Il alla frapper chez Martha Kent.

-Bonjour Steven, dit celle-ci, en ouvrant la porte. Il y a longtemps que l'on ne t'avait vu. Quel bon vent t'amène ?
-Bonjour, dit-il, je cherche Oliver, ne serait-il pas chez vous, par hasard ?
-Non, il est à la cave en compagnie d'un plombier. Nous avons des ennuis avec les conduites d'eau. Tu as un problème ? Tu me parais bien énervé.
-Je dois lui parler absolument. Je descends le voir.
-Il vaut mieux que tu patientes ici. Il ne serait pas assez réceptif. De toute façon, il doit venir chercher Olivia lorsqu'il aura terminé. Elle est venue jouer avec Jordy. Je t'offre un café ?

-Bon d'accord. J'espère qu'il ne tardera pas trop. J'ai un projet sensationnel à lui soumettre.
-Tu veux nous en parler ?
-Non, je préfère attendre qu'il revienne. Je vous en parlerai en même temps, ainsi, avec Hilary, vous pourrez également donner votre opinion.

Oliver apparu une demi-heure plus tard, pas mécontent que le professionnel ait enfin trouvé la fuite, et qu'il soit parvenu à la réparer. Il n'avait pas passé la porte que Steven l'interpella :

-Oliver, enfin tu arrives ! j'ai une super idée, il faut absolument que je t'en parle.
-Houla ! Steven, tu es bien excité aujourd'hui. Bonjour, quand même.
-Oui... Pardonne-moi... Bonjour. Tu cherches bien un emploi dans la restauration ?
-Oui, pourquoi ? Tu m'en as trouvé un ? répondit-il, amusé de voir son ami dans un tel état.
-On va ouvrir un restaurant ensemble.
-Tu es fou ! c'est du spectacle que tu veux faire, pas de la cuisine.
Oui, je sais. Nous ferons des dîners avec spectacles.

Oliver se mit à rire.

-Mais enfin, Steven sois réaliste. Des établissements avec spectacle, il y en a plein, partout à Los Angeles. Et puis, ne m'en veux pas si je te le dis, mais s'il n'y a que toi qui te produis, subséquemment les gens se lasseront et ne viendront plus. Il faut également un local, ce que nous ne possédons pas. Ton idée est un peu utopique, tu ne trouves pas ?

-Pas du tout. Je suis bien conscient de tout ce que tu me dis. Mais l'idée que j'ai en tête est révolutionnaire. Gary m'a parlé d'une école désaffectée qu'il a remarquée en faisant une livraison. Un grand panneau est affiché sur la façade : « sauvez ce bâtiment ». L'école est vouée à la démolition et les gens du quartier s'y opposent. Ça m'a interpellé et je suis allé la voir. Je me suis renseigné. C'est l'ancien pensionnat de Charles Pringles. Il y a étudié lorsqu'il était petit. Il paraît que ce Charles Pringles est un écrivain très connu. Vu ta tête, toi non plus tu ne le connais pas. Bref, les riverains y sont très attachés et s'opposent à sa destruction.

-Pourquoi veut-on détruire ce bâtiment ?

-Parce qu'il est squatté par toute une population indésirable qui « pollue » les rues.

-Ah, je comprends.

-On m'a dit que si l'on présente un projet sérieux, on peut l'acquérir pour une bouchée de pain.

-Heureux de l'entendre, l'interrompit Oliver.

-Écoute-moi, au lieu de persifler. C'est un ensemble de trois bâtiments reliés par un îlot central. Imagine une cuisine au milieu, et trois salles de restaurant.

-Jusque là, j'arrive à suivre.

-Dans chaque salle se produirait un artiste.

-Que tu rétribuerais comment si la restauration ne rapporte pas suffisamment ?

-Justement, nous n'aurions pas à les payer.
-Il existe des artistes bénévoles ? Je ne le savais pas ! ironisa-t-il.
-Laisse-moi parler. Tu es bien placé pour savoir que nous sommes nombreux à vouloir percer dans la profession et peu y parviennent. Pourtant, certains ont du talent et il suffirait que quelqu'un les voie ou les entende. Souvent, les producteurs ne prennent pas le temps de les considérer. S'ils pouvaient le faire en mangeant, ce serait plus facile pour tout le monde.
-Pour l'instant, je te suis toujours.
-Si nous ouvrons un restaurant en faisant venir des impresarios, des producteurs et autres personnes de la profession, les amateurs se produiraient gratuitement en espérant que quelqu'un les remarque. Ce seraient des sortes d'auditions libres pour eux, ou un tremplin, comme tu veux. Il suffit de faire des invitations judicieuses. Dans un premier temps, nous n'ouvririons qu'une aile. Et si cela marche, nous pourrions nous étendre avec les deux autres en les cloisonnant : une pour les musiciens, une pour les chanteurs et une pour les humoristes.
-Ce n'est pas bête, comme idée, remarqua Martha Kent qui écoutait attentivement.
-Effectivement, répondit Oliver. Mais ça ne se fait pas tout seul. Il faut travailler le projet, évaluer le coût, réaliser des travaux, trouver la clientèle, ce n'est pas une mince affaire.
-Je sais bien que ce n'est pas une mince affaire. C'est pour ça que je pense à une association. Ce ne serait pas

superflu. Le plus gros problème est de trouver les financements.
-Chaque étape est un problème. Je reconnais que c'est une bonne idée. Nous devons y réfléchir sérieusement. Mais je pense qu'à nous deux, ça va être difficile.
-Je vous aiderai. Je connais le monde du show-biz, et pourrai vous conseiller, leur dit Martha Kent.
-Moi aussi, je vous aiderai, même si je ne connais pas grand-chose, mais je pourrai peut-être vous être utile, dit à son tour Hilary.
-Tu vois, nous ne serons pas tout seuls, dit Steven à Oliver. Et puis, il y a aussi Gary qui pourra nous aider, on peut même le prendre comme associé.
-C'est gentil de votre part, mais dans un premier temps, je veux voir l'établissement, après nous pourrons nous décider.
-OK. Je vais organiser une visite et nous irons tous ensemble.

Ce qui fut dit, fut fait. Ils visitèrent cette fameuse école qui leur plut à l'unanimité. Vraisemblablement, Steven avait une bonne idée. Les trois hommes se mirent au travail, et chacun y mit du sien. Oliver soulevait des problèmes aussitôt résolus par le sens pratique de Steven. Ils finirent par se mettre d'accord sur le projet à présenter aux responsables politiques. À ce niveau, ce fut Gary qui intervint. Son aptitude à la persuasion obtint gain de cause. Il leur fallut ensuite chiffrer le montant de l'investissement. Des professionnels furent contactés, et des devis établis. Lorsque les comptes aboutirent, ils étaient tous anéantis. Où trouver autant d'argent ? Les banques pouvaient leur en prêter, mais pas la totalité. Il leur fallait un apport… qu'ils ne possédaient pas.

C'est Martha Kent qui les sortit de l'impasse. Alors qu'elle avait remarqué la mine déconfite d'Oliver, elle lui en avait demandé la raison :

-Que se passe-t-il, Oliver ? Je te vois faire la tête depuis plusieurs jours. Tu as un problème avec Olivia, ou c'est ton projet qui te perturbe ?
-C'est mon projet qui me perturbe, répondit-il.
-Quel est le souci ? Je peux peut-être t'aider ?
-Cela m'étonnerait, c'est une histoire d'argent.
-Tu peux toujours m'en parler. Raconte-moi.
-Nous sommes obligés d'abandonner. Malgré le soutien des banques, il nous manque un apport d'environ vingt pour cent. J'aurais dû m'en douter, aucun de nous ne possède de capital. À moins d'un miracle, je ne vois pas comment nous en sortir.
-Effectivement, il s'agit d'un problème majeur. J'ai bien une petite idée pour vous aider à surmonter cet obstacle, mais je dois m'adresser à certaines personnes auparavant. Laisse-moi quelques jours et si j'y parviens, je t'en parle.

Un grand sourire d'espoir éclaira le visage d'Oliver :

-C'est vrai ? Vous allez nous sortir de là ?
-Je n'ai pas dit ça. Je t'ai juste dit que j'allais essayer.
-Comment allez-vous faire ?

-Je ne veux pas te donner de faux espoirs. Je préfère ne pas te le dire pour l'instant.
-Vous êtes formidable, Martha, je vous aime.

Oliver la prit dans ses bras, lui plaqua un gros baiser sur la joue, et partit en sifflotant. « Il m'étonnera toujours, celui-là, je ne l'avais jamais vu aussi enthousiaste », se dit-elle, ravie.

La semaine suivante, elle organisa une réunion avec tous les résidents, ainsi qu'Hilary, et demanda à Oliver, Steven et Gary de se joindre à eux. Lorsque tout le monde fut arrivé, elle prit la parole et s'adressa à ces trois derniers :

-Je suis la porte-parole de tout le monde ici présent. Nous nous sommes réunis, nous les habitants de la résidence, ainsi qu'Hilary qui tenait à participer, et sommes tombés d'accord. Nous t'aimons tous énormément Oliver. Tu es toujours présent et disponible lorsque l'on a besoin de toi. Bien sûr, tu fais le travail pour lequel nous te rémunérons. Mais il n'était pas prévu dans ton contrat que tu sois aussi complaisant, serviable et prévenant avec nous. Tu nous as intégrés à ta vie, tu nous apportes l'affection dont nous manquons pour la plupart, et tu ne rechignes jamais à nos demandes, parfois, je l'avoue un peu farfelues. C'est la raison pour laquelle nous avons décidé de t'aider dans ton projet.

Nous possédons tous un petit capital que nous allons mettre à ta disposition. Non, ne hoche pas la tête ainsi. Nous ne t'en faisons pas cadeau, rassure-toi. Nous allons constituer une société d'actionnaires où chacun portera son obole. La somme réunie constituera votre apport, vous emprunterez le reste à la banque. À toi, ou Steven, ou Gary, il suffira de racheter les parts de chacun au fur et à mesure de vos bénéfices. Ainsi, à la fin, l'affaire vous appartiendra. Qu'en pensez-vous ?

-Je ne sais que dire, répondit Oliver, très ému.
-Eh bien, accepte !
-Il faudra notifier tout cela chez un notaire.
-Cela va de soi.

Oliver était très touché. Il regarda Steven et Gary souriants, lui faisant signe qu'ils étaient d'accord. Puis ses yeux se fixèrent sur Hilary. Elle semblait l'encourager. Son expression paraissait le prier : « Accepte, je suis heureuse pour toi ». Alors, il dit : « D'accord ! » Tout le monde se leva et applaudit. Tous savaient qu'Oliver et ses amis réussiraient, personne n'en doutait.

Matha Kent avait raison. Ils eurent moitié moins d'argent à emprunter « aux rapaces bancaires ». Oliver ne pensait pas que ses amis étaient aussi riches. Même Hilary avait tenu à participer. Comme elle touchait un salaire chez Martha, elle pouvait se le permettre. Trois mois après, les travaux avaient commencé. Ils durèrent neuf mois. Pendant tout ce temps, chacun lista ses connaissances dans le domaine artistique, tant dans les acteurs que dans les décideurs.

Étant donné qu'Oliver travaillerait tous les soirs, il fut établi que Martha ferait dormir Olivia chez elle. Oliver viendrait la chercher le matin afin de la préparer et la conduire à l'école. Ensuite, il devrait se charger de son travail de factotum, et ferait une petite sieste l'après-midi. Tout fut organisé pour que l'enfant ne pâtisse pas du changement survenu dans la vie de son père.

Une pièce hexagonale formait la cuisine centrale. Les tables de cuisson et fours se situaient en son centre. Ainsi le personnel pouvait évoluer autour. Trois portes donnaient sur chaque aile. Dans un premier temps, une seule avait été aménagée en restaurant. Au milieu de ce dernier, une scène surélevée partageait la pièce en deux. Ainsi les artistes en herbe pouvaient être appréciés de part et d'autre. Des tables rondes, petites et grandes, étaient recouvertes de nappes blanches. Elles exhibaient des assiettes de porcelaine fine, soulignées par des couverts en argent. Les lustres faisaient étinceler de mille feux les verres en cristal. Des fleurs naturelles multicolores composaient les centres de tables. Des tentures pourpres ornaient les murs en attente des futures photos dédicacées par les célébrités. Dans le hall d'entrée aux lumières tamisées, des hôtesses accueillaient les clients. Elles prenaient leur vestiaire et les conduisaient à leur table. De confortables sièges et banquettes invitaient les nouveaux arrivants à patienter, si celles-ci étaient déjà occupées. Oliver et son équipe voulaient que chaque client se sente important et ait l'impression d'être dans un lieu exceptionnel.

L'inauguration eut lieu pour Thanksgiving. Ce fut un succès. Oliver s'était surpassé dans l'élaboration du menu. Hilary avait tenu à participer, ce soir-là, en aidant au service en salle. Prompte, agréable, efficace, on eût dit qu'elle avait fait cela toute sa vie.

À Noël, le bilan était très encourageant. Oliver, plein d'espoir, osa se lancer. Le soir du 24 décembre, Hilary était venue combler une défaillance de personnel. Après que le dernier client fut parti, il l'entraîna dehors afin d'être seuls, lui expliquant qu'il devait absolument lui parler et que cela ne pouvait attendre.

-Je n'ai pas l'habitude. En fait, c'est la première fois, et je vais peut-être mal m'y prendre. Je te demande de me pardonner si je suis maladroit, commença-t-il, hésitant.
- Oui, je veux bien. Mais de quoi s'agit-il ? demanda Hilary, intriguée.
-Ça fait maintenant deux ans que nous nous connaissons, je crois.
-Oui, à peu près.
-Tu as vu comme Olivia et Jordy s'entendent bien tous les deux.

Olivia sourit. Elle se demandait où Oliver voulait en venir.
-Notre affaire a bien démarré, n'est-ce pas ? reprit-il.
-Oui, elle a bien démarré.
-Je suis content que tu fasses partie de l'aventure. De plus, tu as énormément de goût pour la décoration de la

salle et de bonnes idées pour trouver des thèmes aux menus.
-Merci.
-Et Martha est une formidable alliée, tu ne trouves pas ?

Olivia s'impatientait.

-Écoute Oliver, je ne suis pas contre le fait que nous ayons une conversation tous les deux. Tu m'as attirée ici parce que tu avais quelque chose d'important à me dire. Très franchement, tout ce dont tu me parles est pour le moins banal, à mon sens. Tu as commencé par me dire que c'était la première fois pour toi. La première fois de quoi ? Viens-en au fait, s'il te plaît.

Alors, Oliver se décida.
-Veux-tu m'épouser ?
-Pardon ?

Comme pour se justifier, il se lança dans de longues explications.

-Je suis amoureux de toi depuis longtemps. Tu étais en deuil, et je ne voulais pas te brusquer. Maintenant, nous sommes engagés dans une aventure de longue haleine avec le restaurant. Comme je te le disais, nos enfants s'entendent. Je pense qu'ils ont besoin d'un père et d'une mère. Je sais que tu aimais énormément ton mari, et je ne cherche pas à le remplacer. Je te demande seulement de m'aimer suffisamment pour continuer le

chemin à mes côtés, et ainsi offrir une véritable vie de famille à nos enfants.
-Oui, je veux.
-Parce que tu comprends…

Olivier pensait avoir à argumenter sa demande pendant un certain temps. Tout à coup, il réalisa, enfin, il lui semblait, qu'elle avait répondu. Il pensait avoir mal entendu :

-Comment ?
-Moi aussi je t'aime, et je veux bien t'épouser.
-Je… Tu… Oh, je ne sais plus que dire. Si. Je suis heureux. Puis-je t'embrasser ?

Elle riait et pleurait à la fois.

-Idiot que tu es ! De plus, tu me demandes la permission ! Je n'attends que ça, et depuis longtemps !

Il ne se le fit pas dire deux fois. Il l'enlaça avec passion. Ils échangèrent un langoureux baiser qui en disait long sur leurs sentiments. Ils rentrèrent main dans la main.

Le lendemain, jour de Noël, le restaurant était fermé. D'habitude, à l'occasion de cette fête, Oliver invitait tous les résidents seuls en ce jour, ainsi que Steven. Chaque année, il s'y rajoutait une personne. D'abord Olivia, puis Hilary et Jordy, et enfin Gary. Cette année-là, cela se passa au restaurant. Oliver avait dormi sur place, très peu.

Hilary et lui avaient beaucoup parlé ensemble, elle l'avait quitté au petit matin. Elle devait revenir avec Olivia et Jordy. Comme Martha Kent tenait particulièrement à se rendre à la messe de minuit, Steven et Gary les avaient gardés pour la nuit.

Lorsque Martha Kent arriva, elle vint directement voir Oliver à la cuisine. Celui-ci avait les traits tirés, et de gros cernes sous les yeux.

-Dieu du Ciel ! s'exclama-t-elle. Ça ne va pas ? Tu es malade ?
-Non, pourquoi ? répondit-il en souriant.
-Tu as une de ces têtes ! Je ne t'ai jamais vu dans cet état. Tu as fait la fête hier soir ?
-Je n'ai pas, à proprement parler « fait la fête », mais il est vrai que je n'ai pas beaucoup dormi. Ah, voilà Hilary qui arrive, demandez-lui pourquoi j'ai une tête de « déterré ».
-Alors si Hilary sait quelque chose, mon petit doigt me dit qu'elle va m'annoncer une bonne nouvelle. Répondit Martha avec malice.

Un large sourire illuminait le visage d'Hilary. Elle était rayonnante. Après avoir salué l'aïeule, elle alla embrasser Oliver, d'un baiser qui en disait long.

-Enfin, vous vous êtes décidés ! Comme je suis heureuse. C'est merveilleux, s'exclama Martha. Depuis le temps que j'attendais ce moment.

-Vous êtes la première à l'apprendre. Nous voulions vous en donner la primeur. Nous l'annoncerons aux autres, tout à l'heure, à table.

-Vous avez l'intention de vous marier ?

-Oui, bien sûr. Nous pensons que le printemps prochain conviendrait, répondit Hilary.

-C'est une période idéale, reprit Martha. Pour votre voyage de noces, je vous offre une semaine à Paris. C'est là que j'ai passé ma lune de miel et j'en ai gardé un excellent souvenir.

-Nous ne pouvons accepter, répondit Hilary, c'est trop beau. Et puis, il y a les enfants, un voyage de noces est impossible.

-Alors, j'ai une meilleure idée. Je pars avec vous et nous emmenons les enfants. Ainsi je les surveillerai, afin que vous puissiez être seuls de temps en temps. Et je ne veux pas d'objection.

-Vous êtes trop généreuse, Martha, lui dit Oliver. Vous nous avez déjà prêté de l'argent pour notre restaurant.

-Et alors ? Tu crois que je l'emporterai dans la tombe ? Autant que je le dépense maintenant. J'avais très envie de retourner à Paris, mais seule, ce n'est pas très agréable. Je serais très heureuse d'y aller avec vous. Je vous aime comme mes propres enfants, et il m'est agréable de vous faire plaisir. Si vous refusez, je me vexerai.

-Alors c'est d'accord. Nous ne vous remercierons jamais assez pour ce que vous faites pour nous.

-Votre affection vaut tous les remerciements du monde. Il n'y a pas si longtemps, je pensais être condamnée à terminer mes jours seule, sans famille. Avec vous, j'ai retrouvé un sens à ma vie. C'est plutôt à moi de vous remercier.

Bien entendu, tout le monde fut ravi d'apprendre la nouvelle. Olivia demanda à Hilary :

-Je pourrai t'appeler « maman » ?
-Oui, si tu veux.
-Et Jordy dira « papa » à mon papa ?
-Si ton papa le désire.
-Oui, il voudra. Alors Jordy et moi serons frère et sœur ?
-Oui.
-Oh, je suis vraiment contente. Je vais avoir un papa, une maman et un frère, tout comme mes copines de l'école.

L'enfant alla voir Jordy en lui chantant « tu vas être mon frère, tu vas être mon frère... » Le pauvre petit ne comprenait pas toute l'histoire, mais il souriait saisissant bien qu'il s'agissait d'un évènement heureux.

Quatre mois ne furent pas de trop pour les préparatifs. La cérémonie qui se déroula à la résidence fut simple, faute de budget, mais très réussie. Des tables avaient été dressées dans la cour décorée de guirlandes et de fleurs pour l'occasion. Les résidents avaient tenu à tout organiser eux-mêmes, sous la houlette de Martha. La mariée était radieuse en cette fin avril. Elle arborait une superbe robe couleur ivoire, confectionnée par elle-même. Tous les amis étaient présents, à défaut de famille.

Le couple partit pour Paris le lendemain avec les enfants et « leur grand-mère », comme Olivia avait décidé de l'appeler dorénavant.

Même si la vie avait évolué, s'il y avait plus de voitures et plus de monde dans les rues, Martha Kent savourait son pèlerinage. La Tour Eiffel, l'Arc de Triomphe, les Champs-Élysées, autant de monuments mythiques qu'elle retrouvait et que les « jeunes » découvraient. Ils firent une promenade sur un bateau-mouche au grand ravissement des enfants. Olivia fut très intéressée par les monuments. Elle posait énormément de questions.

-Où elles sont les mouches du bateau ? demanda-t-elle, en embarquant.
-Il n'y a pas de mouches. Répondit Hilary, amusée.
-Alors pourquoi on l'appelle « bateau à mouche » ?
-Ce n'est pas « bateau à mouche », mais « bateau-mouche ».
-Pourquoi ?
-Je ne sais pas.
-C'est parce que les premiers bateaux comme celui-là ont été fabriqués dans le quartier qui s'appelait « La Mouche » dans la ville de Lyon, située ailleurs en France, répondit Oliver.
-Comment tu le sais ?
-Je l'ai lu dans le dépliant.
-C'est quoi cette grande église ? questionna-t-elle, encore un peu plus tard.

-Ce n'est pas une église, répondit Martha Kent, c'est une cathédrale. Elle est magnifique, n'est-ce pas ? Un romancier français très célèbre du siècle dernier qui s'appelait Victor Hugo, s'en est inspiré. Il a écrit « Notre Dame de Paris ».
-On pourra la visiter ?
-Nous n'aurons pas suffisamment de temps. Un jour, tu reviendras certainement à Paris et tu le feras.

Ils allèrent se balader à Montmartre, le quartier des artistes, où peintres et chanteurs de rues subjuguèrent la petite fille.

-C'est aussi une cathédrale ? avait-elle demandé en admirant la basilique. Pourquoi elle est blanche, elle ?
-Non ma chérie, celle-ci est une basilique.
-Mais c'est aussi une maison pour Jésus ?

Elle n'attendit pas la réponse. Elle venait de remarquer des pigeons et courait parmi eux pour les effrayer.
La semaine passa très vite, mais ils revenaient la tête emplie de souvenirs. Ils avaient pris une multitude de photos. Hilary était sur un petit nuage. Une nouvelle vie commençait pour elle, faite d'amour et de bonheur. Chaque jour, elle remerciait le Seigneur de lui avoir donné une telle opportunité. Elle qui avait connu un incalculable déchirement, et qui pensait ne jamais pouvoir s'en remettre. Elle était tout simplement heureuse.

Pourtant, un incident vint lui rappeler que son bonheur était fragile.

Le jour du départ, en attendant leur vol à l'aéroport, Hilary s'était assise sur un banc, à côté de Martha Kent, Jordy sur les genoux. Oliver s'était absenté pour acheter des magazines en vue du voyage, et avait, par la même occasion, emmené Olivia choisir des bonbons. Un homme s'était approché des deux femmes et de l'enfant. Il s'était adressé à Hilary, implorant presque, il avait prononcé : « Silvana ? »
Surprise, elle avait levé la tête. À ce moment précis, Olivia était arrivée en disant : « Maman, j'ai envie de faire pipi, papa a dit que tu m'emmènes ». Hilary avait dû quitter l'homme du regard, pour reporter son attention sur sa fille. L'étranger avait enchaîné, presque aussitôt dans un anglais incertain : « Veuillez me pardonner, j'ai fait une erreur ». Il tourna les talons, et déjà disparaissait.

Il ne put voir le regard triste et désespéré de la jeune femme qui se levait pour s'occuper d'Olivia.

JORDY

D'une cellule certainement, lui parvenaient de douces paroles. « Nothing to kill or die for », murmurait la chanson de John Lennon. « Oui, seulement imaginer un monde meilleur, pensait-il. Je ne serais pas là aujourd'hui, si telle était la réalité ».
Le garçon avançait le cœur battant. Du haut de ses dix-sept ans, il ne se sentait pas très à l'aise. Un Marcel enfilé à la va-vite sur son jean délavé avantageait ses biceps gonflés par des entraînements incessants, depuis l'incarcération de son père. Il lui fallait bien cela pour masquer sa fragilité. Grand, maigre, d'aspect assez frêle, il avait décidé de développer ses muscles pour le cas où…

La scène lui revenait à l'esprit. Il était entré dans la maison au moment où un grand costaud en ressortait. « Si tu dis un seul mot… », avait-il menacé, passant l'index sous sa gorge, imitant le couteau. Cet homme trapu cachait des yeux noirs et perçants derrière des lunettes style « Ray Ban ». Des cheveux bruns épais sous un chapeau Borsalino assombrissaient son visage rougi par l'alcool. Une fine moustache rehaussait sa bouche aux dents jaunies par la nicotine. Il portait un costume blanc trois pièces, taillé sur mesure, à pattes d'éléphant. Des chaussures en croco vernies de couleur crème, tout comme sa chemise de soie à col pointu. Il arborait des bijoux en or massif : deux chaînes à maille forçat d'un demi centimètre d'épaisseur, une grosse chevalière mettant en valeur des ongles manucurés, et des boutons de manchettes représentant des balles de revolver. L'homme était impressionnant. Le message était clair pour Jordy…

Voilà une année déjà que l'évènement avait eu lieu, et il s'en souvenait comme si cela datait de la veille. Il n'avait compris cette menace qu'en découvrant le spectacle, après le départ du malfrat.

Dans le salon, par terre, ensanglanté, le corps d'un homme inconnu. Sa mère, à genou près de lui, en pleurs, hystérique, les mains cachant son visage, couverte du sang projeté de la victime. Et puis Oliver, son père, allongé non loin, inconscient, un pistolet à la main. Jordy ne comprenait pas.

Déjà, il entendait les sirènes des voitures de police s'approchant.

Tout était allé très vite ensuite. Ses parents, menottés, emmenés par les forces de l'ordre. Lui, interrogé, ne sachant que répondre : « Non, il ne connaissait pas l'homme. Non il ne savait pas ce qui s'était passé. Oui, l'arme appartenait à son père ».

Et puis sa sœur était arrivée, ne comprenant rien non plus, donnant les mêmes réponses, aux mêmes questions.

Avaient-ils bien fait de parler ? N'auraient-ils pas dû demander la présence d'un avocat, comme dans les films ? N'allaient-ils pas porter préjudice à leurs parents ?

La famille s'était installée depuis quelques années dans un quartier résidentiel, très tranquille, non loin du restaurant qu'ils avaient ouvert depuis une quinzaine d'années déjà. L'établissement était devenu le rendez-vous incontournable de la Jet Set. Les affaires marchaient bien, deux ailes avaient été ouvertes. On en parlait dans tous les magazines « branchés ». On disait même que sa notoriété avait atteint l'Europe. Oliver avait pu très vite rembourser ses emprunts.

Depuis un an, Hilary s'était murée derrière un mutisme « post-traumatique », comme disaient les médecins. Jordy et sa sœur s'occupaient de leur mère qui errait des heures durant dans leur grande demeure. Elle avait beaucoup maigri. Elle qui parlait toujours de se mettre au régime, elle n'en avait plus besoin. Auparavant en surpoids, elle était devenue maigre. Auparavant parlant et riant sans cesse, elle était devenue muette. Elle n'était plus qu'une pâle imitation de maman, une ombre d'elle-même. Elle paraissait à la recherche de quelque chose, nul ne savait de quoi. Parfois, elle s'arrêtait devant Jordy, la panique dans les yeux, et criait : « te protéger, te protéger ». Il lui répondait : « De quoi ? Mais de quoi maman, faut-il me protéger ? S'il te plaît, réponds-moi, explique-moi ! » À ce moment, elle baissait la tête, se plaquant les deux mains contre les oreilles, et se balançait de droite et de gauche en geignant. Elle reprenait la même attitude qu'elle avait eue lorsqu'il l'avait trouvée devant le corps de l'homme inconnu. Des spécialistes s'étaient penchés sur son cas et tous étaient d'accord pour dire que le choc avait été trop violent. Il fallait être patient… Ou peut-être un autre choc ?... Mais qui aurait été assez inconscient pour tenter une telle expérience, sans en connaître l'exacte issue ?

Jordy et Olivia étaient soutenus dans leur lourde tâche par Shirley leur voisine. Jolie sexagénaire divorcée, ses origines italiennes l'ayant rapprochée d'Hilary, elles étaient devenues amies. Elle s'était prise d'affection pour les enfants, n'ayant pas eu la chance d'en avoir elle-même. Ils la considéraient comme leur tante. Grâce à elle, ils avaient pu ne rien changer à leurs habitudes après le drame, et maintenir un semblant de vie de famille.

Steven et Gary, fidèles amis, continuaient à faire fonctionner le restaurant. Ils avaient juste dû embaucher un nouveau cuisinier, en remplacement d'Oliver. Lorsque ses études lui laissaient un peu de répit, Olivia y travaillait en extra. Elle aimait le contact avec les clients et se destinait à prendre un jour la relève. Martha Kent les avait quittés deux années auparavant pour retrouver ses chers disparus. Elle avait légué la totalité de ses biens aux deux enfants, déshéritant ainsi son petit-fils qui ne se déplaça même pas pour son enterrement. Quant à Jordy, devenu très turbulent vers l'âge de six ans, il s'était considérablement calmé à l'adolescence. Il avait découvert le dessin, développait un véritable don, et envisageait d'intégrer une école d'art. Il disait en riant que son père avait eu la générosité de lui transmettre ses gènes artistiques. Après le drame, il avait coupé tout contact avec ses amis dont il était particulièrement apprécié. Il avait pris l'habitude de s'isoler avec ses feuilles et ses fusains au bord d'un étang, où il se sentait en communion avec le silence des pêcheurs environnants. Lors de ces intermèdes, il pensait, réfléchissait, cogitait, plus qu'il ne dessinait. Il ne parvenait plus à créer. Un homme venait souvent s'installer près de lui, qui essayait d'engager la conversation. Mais Jordy lui répondait à peine. Pensant le décourager, il lui faisait comprendre qu'il désirait rester seul. C'était sans compter sur la persévérance de l'intrus. Jordy pensait qu'il s'agissait certainement d'une personne en mal d'amitié, qui se disait « pêcheur » alors qu'il n'était même pas capable de ferrer un seul poisson, mais il ne comprenait pas pourquoi cet homme d'âge mûr avait jeté son dévolu sur lui, adolescent. Au bout de plusieurs jours d'essais infructueux de l'intarissable bavard, Jordy céda et lui répondit. Il apprit ainsi que Gino, d'origine italienne (lui aussi !), âgé d'environ soixante cinq ans était veuf, sans enfant, et venait de s'installer dans la région (pas étonnant qu'il cherchât l'amitié !). Au début, lui seul parlait. Jordy se contentait de l'écouter et de répliquer de temps en temps. Le « pêcheur » était une personne très instruite et très intéressante. Ils finirent par converser véritablement, ce qui s'avéra très gratifiant pour Jordy. Au fil de leurs rencontres, le jeune homme prenait confiance en cet homme mûr. Il en arriva à se livrer. Il lui raconta son histoire, l'incarcération de son père, la maladie de sa mère, et son désarroi face à tous ces évènements. Gino l'avait écouté avec attention, et avait essayé de le rassurer, cela faisait énormément de bien à Jordy qui ne savait plus à qui se raccrocher. À présent, il venait plus pour rencontrer son nouvel ami et discuter avec lui, que pour dessiner.

Un jour, alors que l'orage menaçait, Gino raccompagna Jordy en voiture. Le jeune homme descendit du véhicule, claqua la portière, et après un salut de la main, rentra chez lui. La voiture commençait à redémarrer lentement, lorsque Shirley surgit brusquement et se planta devant, au milieu de l'allée, les mains sur les hanches, l'empêchant de continuer sa progression, manifestement très fâchée. Le conducteur stoppa net, et sortit du véhicule. Il lui cria, très en colère :

-Ça ne va pas ? Vous voulez vous suicider ?

-Non, ça ne va pas ! Qui êtes-vous ?

-Qu'est-ce que ça peut bien vous faire ?

-Ça me fait que je suis la tante de cet enfant et que j'en ai la responsabilité. Que cherchez-vous avec lui ?

-Déjà, vous n'êtes pas plus sa tante que moi son oncle, et Jordy n'est plus un enfant. De plus, il a des parents.

-Peut-être ! Toujours est-il que devant l'indisponibilité de ceux-ci, j'en suis responsable. Je ne vous connais pas, et je ne veux pas le voir traîner avec un inconnu.

-Eh bien, qu'à cela ne tienne… Faisons connaissance.

Shirley, décontenancée, resta sans voix. Elle possédait un côté « fonceur » et aimait les défis. Oliver la surnommait « l'originale », et prédisait qu'un jour il lui arriverait quelque chose de fâcheux à force de partir dans des aventures plus ou moins rocambolesques.

-Que voulez-vous savoir ? demanda-t-il soudain, un sourire enjôleur éclairant son visage bronzé.

L'homme était assez grand, mince, bien bâti, les cheveux poivre et sel. Il portait sa tenue de pêcheur avec classe et distinction. Il était bel homme, pour sûr, il le savait, et en jouait.
-Vous m'offrez un café ? Ainsi, vous me poserez toutes les questions que vous voudrez. Vous verrez que je ne suis pas un monstre.
-Pourquoi pas ? répondit-elle, le regard malicieux.

Elle le fit entrer chez elle. Ils discutèrent longtemps, se trouvèrent des points communs, s'entendirent à merveille. Dehors, l'orage éclata et la pluie se mit à tomber, dru. Dans la maison de Shirley, c'était le soleil qui pointait le bout de son nez en la présence de Gino. Sa voiture resta stationnée toute la nuit devant la maison. Une éclaircie prometteuse émergeait dans l'existence des deux sexagénaires. Et quelques jours plus tard, ce charmant monsieur s'installa définitivement chez sa nouvelle conquête. Jordy en fut ravi. Il passa bientôt plus de temps chez ses voisins où régnait une atmosphère plus familiale que chez lui.
Il n'avait pas revu son père, accusé de meurtre, depuis le drame. Il refusait de lui rendre visite. Jordy avait du mal à concevoir qu'Oliver pût être un meurtrier. Il en avait

auparavant une telle estime, qu'il n'aurait jamais imaginé que celui-ci devienne un jour un assassin. Et pourtant, il s'était rendu à l'évidence, il l'avait vu de ses propres yeux, le pistolet à la main. Olivia, qui lui rendait visite régulièrement, donnait des nouvelles à son frère. Elle tentait de maintenir le lien fragilisé entre les deux hommes. Jordy savait qu'Oliver se désespérait de ne plus le voir. Un jour, alors qu'il discutait avec Gino, celui-ci lui dit :

-Pourquoi ne vas-tu pas lui rendre visite ?
-Je n'en ai pas envie.
-Il est quand même ton père !
-C'est de sa faute s'il est en prison. De sa faute si maman a perdu la tête. De sa faute si notre famille est disloquée.
-Comment sais-tu que tout est de sa faute ? Il possédait peut-être de bonnes raisons pour avoir agi ainsi.
-Il n'y a jamais de « bonnes raisons » pour un tel geste. Il m'a toujours éduqué dans ce sens.
-Sais-tu pourquoi il l'a tué ?
-Non.
-Et tu n'as pas envie de le savoir ?
-Je ne me suis jamais posé la question. Il l'a fait, et il mérite d'être enfermé. Un point c'est tout.
-Je pense que tu devrais te la poser. Finalement, personne ne sait ce qui s'est passé. Tu ne veux pas parler de lui avec Olivia, ta mère n'est pas en état de te répondre, et tu ne veux pas aller le voir. Comment veux-tu connaître la vérité de cette façon ? Lui as-tu seulement

laissé une chance de s'expliquer ? Tu l'as condamné d'office. Si les rôles avaient été inversés ? Si c'était toi qui avais tué une personne ? Crois-tu que ton père t'aurait laissé tomber comme tu le fais ?
-Je ne sais pas.
-Si, tu le sais. Un père ne laisse pas tomber son enfant. Il serait temps que tu grandisses un peu et que tu deviennes un peu plus tolérant. Il faut que tu réagisses et que tu prennes le taureau par les cornes. Tu veux savoir pourquoi ta mère veut te protéger, tu n'as qu'à demander à ton père.
-Vous avez peut-être raison. Vous voudrez bien m'accompagner ?
-Bien entendu.
-Alors je vais demander une autorisation de visite.

Il n'avait pas trop envie de s'y rendre, trop grande était sa déception envers son héros déchu. Mais Gino avait su éveiller sa curiosité, et il voulait savoir ce qui s'était réellement passé. Il désirait obtenir des réponses. Pour cela, il avait trouvé un argument de taille. C'est sûr, il allait le faire parler coûte que coûte.

En quelques minutes, le temps de parcourir un interminable couloir gris et triste, aux basques d'un agent de surveillance roulant des mécaniques, le film rétrospectif de sa dernière année venait de défiler dans l'esprit de Jordy. Il arrivait enfin au parloir. Une pièce aux murs délavés et parsemés de graffitis plus ou moins suggestifs, quelques tables et chaises, mobilier spartiate n'aspirant pas à s'y attarder. Il ne reconnut pas son père tout de suite. Oliver avait maigri, lui aussi, et des rides étaient apparues sur son visage. Une barbe indisciplinée, également, s'était invitée sur cette nouvelle physionomie. Ses yeux, éteints au premier abord, s'illuminèrent à l'entrée du jeune homme. Le père, ému, prit son fils dans les bras, le serra très fort. Jordy se dégagea sans un mot, alla s'asseoir. Oliver l'imita et s'installa face à lui. La voix tremblante d'émotion, il réussit enfin à parler :

-Mon fils, comme je suis content de te voir ! Ta visite me fait un réel plaisir. Il y a tellement longtemps. Tu as encore grandi. Tu t'es étoffé, tu t'es fait réellement beau. Tu fais de la musculation ? J'ai l'impression d'avoir un homme devant moi, maintenant.
-Oui, je m'y suis mis. Cela me permet de supporter ma colère.
-Je suis désolé de toute cette situation.
-Il fallait y penser avant.
-Je n'ai rien voulu de tout ce qui est arrivé. Je n'ai rien maîtrisé. J'en arrive même à me demander si j'ai vraiment tiré. J'ai l'impression de vivre un cauchemar.
-Je sais ce que j'ai vu.
-Il ne faut pas se fier aux apparences, mon fils.
-Alors, dis-moi ce qui s'est passé.
-Je ne peux pas. Je ne le sais pas moi-même.
-Comment ça, tu ne le sais pas toi-même ?

-Je ne me suis pas vu appuyer sur la gâchette. Je ne me souviens de rien.
-Les preuves sont quand même contre toi.
-Il paraît. Je n'ai rien compris.
-Mais cet individu... tu le connaissais ?
-Pas du tout. Apparemment, ta mère oui. Ils parlaient en italien. Ils se disputaient et elle avait l'air terrorisée. J'ai pris mon arme, ai menacé l'homme en lui disant de partir. Ce n'était que pour l'intimider. Je n'avais pas du tout l'intention de m'en servir. Il était très agressif. Et puis... C'est le noir total pour moi. Je ne sais pourquoi je me suis évanoui. Il paraît qu'il y avait une autre personne avec l'homme, mais je ne l'ai pas vue.
-Oui, on aurait dit un gangster. Je l'ai croisé en arrivant.
-C'est peut-être lui qui l'a abattu.
-Tu sais bien que c'est toi qui avais l'arme dans les mains, et il n'y avait que tes empreintes dessus.
-C'est ce que je ne m'explique pas. Lorsque je me suis réveillé, la police était là, toi aussi, et ta mère criait en me disant de ne rien dire, et de te protéger.

Jordy se leva brusquement, renversant sa chaise. Il se mit à crier contre son père :

-Me protéger, me protéger ! J'en ai assez ! De quoi ? De qui ? Je n'ai rien fait de mal, moi. Je n'ai rien demandé à personne. Je ne comprends rien. Si au moins j'avais un indice ! Si tu es en prison et que maman divague, de quoi pouvez-vous me protéger ? Un homme a déjà réussi à s'introduire chez nous, un autre peut recommencer.

Pourquoi l'avoir tué, aussi ? Il aurait peut-être répondu aux questions.
 -Ta mère a peur de te perdre... Et moi aussi. Nous t'aimons, tu sais.
 -Mais ne crois-tu pas que vous m'avez déjà perdu, en me laissant seul dans la vie ?
 -Ta sœur est là, pourtant, et puis il y a aussi Shirley.
 -Ma sœur n'est pas ma mère, et Shirley vit sa vie. C'est de vous dont j'ai besoin, et vous, vous vous défilez.
 -Tu sais bien que nous ne pouvons pas faire autrement.
 -Si. Vous pouvez. Je suis sûr que tu sais quelque chose. Tu es mon père, si c'est en rapport avec moi, tu sais. Forcément. Alors voilà, je te propose un marché : ou bien tu me dis tout ou je m'engage dans l'armée, et là vous me perdrez pour de bon !
 -Tu es vraiment déterminé... Cette histoire t'a endurci et je le déplore. Tout ce que je peux te dire est que lorsque j'ai épousé ta maman, elle avait déjà un passé... Elle désirait m'en parler, mais je n'ai pas voulu l'écouter. Ça n'avait aucune importance pour moi. Je l'aimais tellement que je ne doutais pas un seul instant qu'elle ait pu faire quelque chose de mal. J'en suis encore persuadé. Je pense qu'elle a vécu un évènement dramatique, qu'elle n'a pu maîtriser. Je n'imaginais pas qu'un jour tout pourrait ressurgir. Elle m'a écrit une lettre que je n'ai jamais voulu lire. Elle se trouve dans mon bureau. Tu peux y aller et la lire. Je l'ai cachée dans le deuxième tiroir de droite. Il possède un double-fond. À mon avis, tu auras tes réponses. Tu es en âge de savoir, et capable de te

défendre éventuellement. De plus, tu apprendras un fait que nous n'avons jamais eu le courage de t'avouer.

En sortant de l'établissement pénitentiaire, Jordy se dirigea directement vers le bar situé en face. Il était tenu par un ancien taulard repenti qui s'était donné pour mission de soutenir les familles attendant l'heure des visites, ou ressortant complètement désemparées, et d'accueillir les « libérés » qui venaient boire le premier verre de la liberté. « Liberté » était d'ailleurs le nom que portait l'estaminet. Jordy, lui, rejoignait la personne qui l'attendait impatiemment, et qui devait le ramener chez lui : Gino.

-Tu veux boire un soda? proposa celui-ci.
-Non, merci, je n'en ai pas envie. Je préfère rentrer tout de suite.

Il brûlait d'envie de savoir ce qu'Oliver avait pu confier à son fils. Manifestement, Jordy n'avait pas l'air décidé à en parler. Gino savait qu'il était très éprouvant de rendre visite à un proche en prison. Il resta donc à l'écart, discret, mais présent. En silence, ils regagnèrent la voiture parquée non loin de là. L'atmosphère était pesante.

-Ça va ? se risqua Gino.
-Ça pourrait aller mieux.
-Tu as eu tes réponses ?
-Non. Mon père ne sait rien. Il a juste conscience du fait qu'il faut me protéger, mais n'en connaît pas la raison.

-Il ne sait vraiment rien ? Gino était dubitatif.
-Il me dit que la clef, c'est ma mère. Il lui fait entièrement confiance.
-Si je comprends bien, il n'y a personne pour t'éclairer sur cette histoire.
-Non, je pense que mon père a compris que j'avais besoin de savoir. Il m'a donné un indice. Ma mère lui a écrit une lettre lorsqu'ils se sont mariés, mais il n'a jamais voulu la lire.
-Pourquoi ne l'a-t-il pas lue ?
-Je ne sais pas. Il ne sait pas lui-même, d'ailleurs…
-Il t'a dit où elle se trouvait ?
-Oui, elle est dans son bureau.
-Tu veux que je vienne avec toi ?
-Non, je ne préfère pas.
-Tu as peur ?
-Un peu. En même temps, j'ai envie de connaître la vérité. Je me pose tellement de questions. Ce que je ne comprends pas, c'est que mon père dit ne pas avoir lu cette missive. Il ignore son contenu, mais il m'a averti que je ferai une découverte que ni lui ni ma mère n'ont eu le courage de m'avouer. Comment peut-il me dire ça s'il ne sait pas ce qu'il y a dedans ? Ça m'intrigue vraiment, et je me demande ce que c'est.
-Tu as raison, c'est troublant. Il vaut mieux que tu saches. Si vraiment tu es en danger, tu pourras faire face plus facilement. Connaître son adversaire c'est pouvoir l'affronter.
-Oui, je souhaite que tout se termine.
-Je te comprends.

Ils cessèrent de parler pour le restant du trajet. Chacun songeant à ce que recelait cette fameuse lettre. En arrivant, Gino réitéra sa proposition d'accompagner Jordy.

-Tu es sûr que tu ne veux pas que je vienne avec toi ?
-Oui, oui. Je préfère vraiment être seul.
-Tu sais que je suis à côté ?
-Oui, ne vous en faites pas, ça va aller.
-Écoute, je veux que tu me téléphones après, pour me dire si tout va bien.
-Pourquoi ?
-Parce que je m'inquiète pour toi. Pour ta réaction lorsque tu découvriras ce secret qui est apparemment très lourd.
-D'accord, je vous appelle.

Ils se séparèrent.

Sans hésitation, Jordy se dirigea droit vers le bureau de son père. La maison était calme. Hilary était couchée dans sa chambre, à l'étage, et Olivia travaillait au restaurant. Il ouvrit le deuxième tiroir, tout comme son père avait dit. Il lui fallut le vider. Était-ce bien celui-ci ? Il ne voyait pas de cachette secrète. Son cœur battait la chamade. Il était impatient. Il passa le doigt tout autour. Rien. La main à plat. Rien ne se passait. Oliver s'était-il trompé ? Avait-il inventé une explication pour gagner du temps ? Jordy sortit carrément le casier de son logement, et le retourna afin de mieux l'examiner. Là, il vit une petite tirette qu'il actionna. Le double-fond s'ouvrait par l'extérieur. Effectivement, une enveloppe s'y trouvait. Il s'en empara avec ferveur, sortit une feuille où il reconnut l'écriture d'Hilary, et assis par terre, adossé contre le pied du meuble, en commença la lecture.

Mon amour,
Qui aurait pensé que je puisse un jour, dire « mon amour » à un autre homme que le père de mon enfant ? Certainement pas moi. Et pourtant, demain nous nous marions. Je suis heureuse, je t'aime infiniment, mais ma conscience n'est pas en paix. Tu ne veux pas que je te parle de mon passé. Tu dis qu'il n'a pas d'importance pour toi dans la mesure où je n'ai ni tué, ni volé. Peut-être un jour, regretteras-tu de ne pas savoir ? C'est la raison pour laquelle je tiens à t'écrire cette lettre. Tu la liras lorsque bon te semblera. À toi de voir...
C'est vrai, je n'ai ni tué ni volé, mais je t'ai menti. J'ai menti à tout le monde.
En réalité, je ne suis pas veuve. Je ne viens pas non plus d'une diaspora italienne du Brésil. Je ne m'appelle pas Hilary Brown. Mon véritable nom est Silvana Venturi, je suis née à Naples, en Italie. J'ai quitté brusquement mon mari un jour, emmenant mon fils, et laissant toute ma vie derrière moi, mes amis, mes habitudes, mes souvenirs. Mon mari et moi nous adorions, nous étions très heureux avec Jordy dont le véritable prénom est Livio. Nous pensions qu'il en serait ainsi durant toute notre existence. Enzo, fils d'un mafieux Napolitain, avait coupé les ponts avec sa famille. Il ne voulait pas entendre parler des

affaires de son père et s'était disputé avec lui. Un jour, alors que je me présentais à un entretien pour un emploi d'interprète dans une société d'import-export sur le port de Naples, que nous pensions avoir atteint l'apogée du bonheur, on me fit part d'une terrible nouvelle. Je dus prendre alors, en l'espace de cinq minutes, une grave décision qui allait changer le cours de ma vie et celles de mon enfant, de son père, et par la suite, de la tienne. J'étais au pied du mur et n'avais d'autre choix que de prendre la fuite afin de protéger mon enfant. J'ai souffert de ce départ, et j'imagine qu'Enzo certainement plus encore, lui qui n'a rien dû comprendre... Depuis une épée de Damoclès est au-dessus de nos têtes. Auprès de toi, la menace me semble moins présente, mais la peur reste ancrée au fond de mon cœur. Nous allons nous engager demain l'un envers l'autre, et j'aurais aimé que tu connaisses la situation qui est la mienne. Que tu saches que notre vie ne tient qu'à un fil. Martha Kent, à qui je me suis confiée, m'a dit que je ne devais pas renoncer à une nouvelle chance de bonheur. Pour toi, pour Olivia, pour Jordy, pour moi. Elle m'a fait comprendre qu'il fallait parfois prendre des risques. Pourtant, un jour mon passé peut ressurgir, et notre vie basculer à nouveau. Ai-je le droit de t'imposer une telle situation ? Tout le monde autour de nous se réjouit tellement de notre mariage, que je n'ai pas le cœur de vous décevoir. Et pourtant, tu devrais savoir que, derrière ma fausse identité, derrière mes cheveux colorés, je me cache. Je suis persuadée que l'on me cherche encore, et si l'on nous trouve, Jordy et moi, tu nous perdras. Car vois-tu, quelqu'un a posé un contrat sur nos têtes. Je ne sais même pas qui exactement. Je ne vois que le père d'Enzo pour avoir eu une telle intention vis-à-vis de nous. Tout cela afin de récupérer son fils. Je suppose que son vœu s'est réalisé, je l'espère. Mais un contrat ne s'arrête que lorsqu'il est honoré. Et si l'on nous retrouve... Je n'ose imaginer la suite !

Des larmes coulaient le long de ses joues. Oliver n'était pas son père. Cette découverte le choquait terriblement. Pourquoi ne le lui avaient-ils jamais dit ? Et Olivia ? Elle n'était pas sa vraie sœur, alors ? Elle était plus âgée que lui. Qui était sa mère, alors ? Elle était la fille d'Oliver, c'était sûr, elle lui ressemblait tellement. La colère le submergeait. Il avait envie de frapper, frapper encore et toujours, tellement il ressentait de l'impuissance vis-à-vis de ces états de fait. La même impuissance qui s'était emparée de lui lorsque le drame était arrivé, et qu'on lui avait enlevé ses parents. Quels parents avait-il, finalement ? Il descendit à la cave, enfila ses gants de boxe et commença à frapper dans son sac de sable suspendu. Il frappait, frappait avec rage, avec hargne, un coup à chaque pensée négative. Il aurait voulu mourir : un coup. Tout son univers s'écroulait : un coup. Son père n'était pas son père : un coup. Sa sœur n'était pas sa sœur : un coup. Et sa mère ? Un coup. Était-elle vraiment sa mère ? Encore un coup. Comme il lui en voulait ! C'est vrai, ils ne parlaient jamais de l'époque où Olivia et lui étaient bébés. Pourquoi aurait-il posé des questions ? Il leur faisait confiance : et encore trois coups. Une confiance tellement mal placée. Il essayait de se souvenir

des moments où il aurait pu s'en douter. Mais non, il n'avait rien vu, et encore une salve de coups. Et Olivia ? Savait-elle qu'ils ne possédaient pas de lien de parenté ? Quel âge avait-elle lorsque leurs parents s'étaient rencontrés ? Elle s'était toujours comportée en grande sœur aimante, et attachée à son petit frère. Tout ce temps passé dans le mensonge ! Quel gâchis !
Soudain, alors qu'il frappait encore et encore, une main se posa sur son épaule. Il sursauta.

-Je savais que je te trouverais là, lui dit Gino. C'est dur, n'est-ce pas ?
-Vous saviez ? demanda Jordy, cherchant dans sa tête comment cela se pourrait.
-La seule chose que je sache est que parfois la vérité fait très mal. À voir ton état, ça doit être le cas. Veux-tu en parler ?
-Lisez, si vous voulez, dit le jeune homme montrant du menton la lettre jetée par terre.

Gino la ramassa et la parcourut.

-Ce n'est pas vrai. Ton grand-père n'a pas mis de contrat sur ta tête.

Jordy, arrêta de frapper, soudain attentif :

-Pourquoi, vous le connaissez ? Vous avez l'air d'être au courant de l'histoire, vous aussi. Au point où j'en suis, vous pouvez tout déballer.

-Non, je ne connaissais pas l'histoire. Je doute simplement qu'un grand-père puisse vouloir la mort de son petit-fils.
-N'oubliez pas qu'il appartient à la Mafia.
-Justement, chez eux la famille compte. Et puis, peut-être qu'il n'appartenait pas vraiment à la Mafia. Il a dû se passer autre chose.
-Ma mère aurait menti à mon père ? Ou plutôt mon beau-père ?
-Je ne pense pas. Peut-être a-t-elle été dupée.
-Ce serait le comble !
-C'est bien ce qui me semble…
-Pourquoi êtes-vous pensif ainsi ? J'ai l'impression que cette lettre vous contrarie. Vous connaissez quelque chose de plus dans cette histoire ?
-Comment pourrais-je ? Je ne connais pas ta mère.
-Je ne sais pas. Il me semble que je ne pourrai plus jamais faire confiance à quelqu'un.
-Tu sais, à mon avis, ta maman a agi ainsi pour ton bien. Il est vrai qu'elle aurait peut-être pu t'en parler lorsque tu as commencé à grandir, mais elle devait être terrorisée. Lorsqu'un contrat est posé, il est rare qu'il ne soit pas tenu. Tôt ou tard, la personne visée est retrouvée. Elle le savait, et parler le moins possible de sa vie en Italie était la meilleure chose à faire.
-Vous pensez que l'homme que mon père a abattu était envoyé par mon grand-père ?
-Non, puisque, comme tu me l'as dit, ta mère pleurait auprès de lui. Elle le connaissait.
-Et celui qui est parti en me menaçant ?

-Celui-là, je me pose bien des questions à son sujet !...
J'aimerais que tu me parles de lui, un de ces jours.
-Pourquoi ? Vous n'avez pas à vous poser de questions. Ce n'est pas votre histoire.
-Je me suis attaché à toi et je me sens concerné. J'aimerais que tu retrouves une vie normale et je désire t'aider.
-Comment pourriez-vous ?
-J'ai ma petite idée.
-Vous m'intriguez. Je parie que vous en savez plus que vous ne voulez me dire. Vous me cachez quelque chose. Je le sens. Vous venez d'Italie, vous aussi. Vous ne viendriez pas de Naples, par hasard ? Que savez-vous au juste ? Vous ne seriez pas venu pour exécuter le contrat, finalement ?
-Ne crois-tu pas que si tel était le cas, ce serait fait ? J'ai eu plus d'une occasion, il me semble.
-Oui, je le reconnais. Mais vous ne m'enlèverez pas de l'idée que vous me cachez quelque chose. Vous connaissez mon vrai grand-père ? Mon père ? J'y pense d'un coup, vous ne seriez pas plutôt mon grand-père ? Ça ne m'étonnerait plus ! Mais oui, c'est ça... Vous ÊTES mon grand-père !!! Tout s'explique. Notre rencontre n'a pas été fortuite, n'est-ce pas ? Vous aussi, vous m'avez berné. Vous, vous êtes joué de moi ! Vous aussi vous êtes un traître ! J'en ai plus qu'assez !
-Tu es vraiment intelligent.
-Allez-vous-en ! Je ne veux plus vous voir, grand-père ou pas ! Vous n'êtes qu'un hypocrite.

-S'il te plaît, calme-toi. Tu as raison d'être en colère contre moi, et tu as deviné, oui, je suis ton grand-père. Je te demande juste de me laisser t'expliquer.
-Pas la peine. Ce ne seront encore que des mensonges.
-Je t'assure que non. Si je suis ici, c'est justement pour découvrir la vérité. Pourquoi ta mère a quitté ton père réellement. Je n'ai jamais posé de contrat sur vos têtes. Je n'aurais jamais pu faire une chose pareille. Et puis, je ne savais même pas que tu existais avant ta disparition. Sois réaliste, comment voulais-tu que je t'aborde la première fois ? Que je te dise « coucou, je suis ton grand-père » ?
-Non, c'est sûr.
-J'avais l'intention de tout te dévoiler un jour ou l'autre. J'attendais le bon moment. Mais c'est un peu comme ta mère, je me rends compte qu'on ne le trouve jamais ce bon moment, de peur de te perdre. Et finalement, c'est ce qui risque d'arriver. Tu es jeune, cette situation te dépasse totalement, je le comprends tout à fait. Il faut que tu admettes que l'on ne fait pas toujours ce que l'on désire dans la vie. Et avant de juger, que ce soit ta mère, ton père, ou moi-même, tu te dois de connaître la version de chacun. Demande-toi comment tu aurais réagi à la place de chacun de nous, dans les mêmes circonstances. Tu ne veux pas essayer de faire un petit effort ?
-À quoi bon ? Tout s'écroule autour de moi.
-Essaye au moins de m'écouter, tu te feras ton opinion ensuite.
-Alors, racontez-moi, au point où j'en suis...
-Je me suis marié à vingt ans avec la femme que j'aimais. Seulement, deux mois avant le mariage j'ai eu

une aventure d'un soir lors d'un stage à Rome. Je pensais ne plus jamais revoir cette femme, mais le sort en a décidé autrement. Il s'agissait en fait, de la meilleure amie de ma promise, qui faisait des études de médecine dans la capitale. Je l'ai revue le jour du mariage, et elle m'annonça qu'elle était enceinte. Elle ne voulait pas du bébé. Elle était encore étudiante et se destinait à des missions humanitaires. Elle voulait « voir du pays ». Térésa, mon épouse, était la bonté même. Sans savoir ce qui s'était passé à Rome, elle proposa à son amie de nous laisser adopter l'enfant. Elle serait sa marraine, ainsi elle pourrait le voir autant de fois qu'elle le voudrait. Celle-ci accepta. Nous, nous sommes donc arrangés pour simuler une grossesse et lorsque l'enfant naquit, il devint le nôtre en toute légalité. J'ai toujours pensé que ma Térésa ne savait rien. J'ai découvert après sa mort qu'elle n'avait pas été dupe. La vie continua donc, sans autre enfant. Térésa était stérile. J'avais monté une société de constructions navales sur le port de Naples. Les affaires marchaient bien, mais j'en voulais plus encore. J'étais avide d'argent. Plus j'en avais, plus j'en voulais. Je me suis associé avec des gens peu recommandables, mais n'en avais cure. Tous les moyens étaient bons. Je disais, à l'époque, que c'était l'argent qui menait le monde. Mon fils grandit, mais ne s'intéressait pas aux affaires. Il voulait devenir photographe d'art. Bien sûr, je m'y opposais. Térésa nous quitta, emportée par un cancer. Serena, la mère biologique d'Enzo, vint s'installer à la maison. Elle me dit qu'elle m'avait toujours aimé. Elle ou une autre, pour moi, cela n'avait plus d'importance, j'avais perdu ma Térésa. Enzo surprit une conversation entre elle et moi et comprit que Serena était sa mère, et que j'avais des accointances avec la mafia. Il fut écœuré et partit en claquant la porte. J'étais trop sûr de moi, et pensais que ça ne durerait pas, qu'il reviendrait vite. Il avait été habitué à la vie facile, pour moi, ça ne faisait aucun doute. Mais il rencontra ta maman dont il tomba fou amoureux. Il se construisit une jolie petite vie et ils étaient très heureux. Surtout lorsque tu es né. Tout ça je ne l'ai su qu'après. Il est arrivé un jour à mon bureau, menaçant, m'accusant d'avoir fait disparaître sa femme et son fils. Il vous a cherchés longtemps, et partout. Je l'ai aidé, mais malgré mes relations, nous ne vous avons pas retrouvés. Je n'ai jamais su ce qui s'était passé.

-Et Serena, vous l'avez laissée en Italie ?
-Elle est décédée il y a deux ans.
-Comment avez-vous réussi à nous localiser ?
-L'année dernière, Enzo a lu un article dans un magazine où l'on faisait l'éloge du restaurant de tes parents. Leur notoriété avait traversé l'Atlantique. Il y a reconnu ta maman, un peu changée, certes, mais toi, à côté... Tu étais le portrait d'Enzo au même âge. Pour lui il n'y avait aucun doute. Il a tout de suite pris l'avion pour vous rejoindre. Il avait décidé de vous ramener.
-C'est lui que mon père a tué, n'est-ce pas ?
-Oui.
-Mais pourquoi l'autre homme m'a menacé ?
-C'est justement ce que j'aimerais comprendre.
-C'était qui ?

-Un ami d'enfance d'Enzo. Il était pour lui comme un frère. Ils étaient partis ensemble. Il est revenu, éploré, avec le corps de mon fils. Il m'a dit que ton père l'avait froidement abattu.
-Vous êtes venu pour vous venger ?
-Au début, j'étais fou de rage. J'avais l'intention de te récupérer, de faire du mal à ta mère. Oui, je voulais me venger. Rien n'est allé comme je le souhaitais. Je désirais tout d'abord gagner ta confiance. Plus je te connaissais, plus je m'attachais à toi. J'ai vite compris que ta vie était ici, que je t'aurais fait du mal si j'avais essayé de te déraciner. Je voulais t'avouer la vérité, mais ne savais comment m'y prendre. Et puis j'ai rencontré Shirley. Elle est formidable. Elle me parlait de ta mère, de ton père, de votre vie, du drame. Je me suis confié à elle. Elle sait tout de moi et est vraiment de bon conseil. Elle me dit qu'elle ne croit pas que ton père ait pu tirer sur un homme. Même en légitime défense. Puisque ta mère ne pouvait parler, il fallait que l'on te persuade d'aller le voir et de le forcer à t'avouer la vérité. On en connaît maintenant une partie, mais le problème est le mutisme de ta mère. On ne sait pas réellement ce qui s'est passé, comment le drame s'est déroulé.
-Comment faire alors ?
-Je ne sais pas. Je trouverai une solution. Je te le jure. Pour mon fils, pour toi.
-J'aurais tellement aimé le connaître.
-Il n'a jamais désespéré de te retrouver.
-Vous me parlerez de lui ?

-Si tu me pardonnes de ne pas avoir joué franc-jeu avec toi dès le départ.
-Bien sûr que je vous pardonne.
-Allez viens, Shirley a préparé un bon repas. Ça te fera du bien de venir à la maison. La journée a été dure pour toi.
-Non, merci. Je vais me faire un sandwich et j'irai me coucher.
-Comme tu veux. Mais tu sais que tu peux compter sur moi, maintenant. Si tu as besoin de quoi que ce soit, tu m'appelles. D'accord ?
-Oui. Merci... Grand-père.

Avant de rejoindre Morphée, Jordy attendit le retour de sa sœur. Il s'allongea sur le canapé et se mit à réfléchir. Il est vrai que ses parents lui avaient très peu parlé de leur enfance réciproque. Ils disaient qu'ils n'avaient plus de famille. En cherchant dans ses souvenirs, il s'aperçut que finalement, ils éludaient les questions posées de temps à autre. Il se souvint qu'un jour où il s'étonnait de ne pas posséder de photos des premiers instants de sa vie, ni d'ailleurs de ceux de sa sœur, Hilary lui avait répondu qu'un incendie avait tout détruit. Il avait demandé dans quelles circonstances, mais sa mère s'était contentée de répondre : « Ce sont de mauvais souvenirs. En parler les ferait ressurgir. C'est arrivé, c'est tout. » Le sujet était clos, il n'avait pas essayé d'en savoir plus. Pourquoi aurait-il posé d'autres questions ? Il était heureux. Comment aurait-il pu se douter que ses parents cachaient un terrible secret et lui mentaient ?... Il se disait qu'il était un peu fautif, lui aussi, de n'avoir pas cherché plus loin lorsque ceux-ci esquivaient ses questions sur leur jeunesse.

Olivia ne tarda pas à rentrer. Elle était heureuse de le voir. Tout en se dirigeant vers la cuisine afin de se servir un verre de lait, elle lui dit :

-Tu m'as attendue ? C'est gentil. Alors, tu as vu papa ? Raconte-moi. Il était heureux de te voir ?
-Quel papa ?
-Comment ça, quel papa ? Le nôtre, bien sûr !
-Tu veux plutôt dire le tien !
-Écoute, Jordy, tu es bien gentil, je t'aime beaucoup, mais j'ai eu une longue journée aujourd'hui. Demain je me lève de bonne heure pour aller en cours, et je n'ai pas très envie de jouer aux devinettes. Je ne comprends pas tes allusions. Alors, s'il te plaît, viens-en au fait.
-Savais-tu que nous ne n'étions pas frère et sœur ?

Olivia était en train d'ouvrir le réfrigérateur. Elle s'arrêta net. Elle regarda gravement Jordy, essayant de chercher une réponse dans sa mémoire.

-D'où tiens-tu cette information ?
-Tu le savais, n'est-ce pas ? Toi aussi tu mentais.
-Pourquoi devrais-je mentir ? Je ne vois pas de quoi tu parles. D'où te vient cette idée ? C'est d'être allé rendre visite à papa, que ton imagination s'est éveillée ?
-Tiens, lis ça.

Olivia referma le réfrigérateur, saisit la lettre d'Hilary que lui tendait Jordy, et s'assit à côté de lui. Lorsqu'elle eut terminé, elle pleurait.

-Je suis désolé, comme tu es plus âgée que moi, je pensais que tu étais au courant, lui dit Jordy, contri.
-Je le savais. Mais j'avais oublié. Je ne m'en souvenais plus. C'était il y a si longtemps.
-Pourtant c'est important. Comment fais-tu pour ne pas te rappeler ?
-C'est important pour toi. Moi, ce que je retiens, c'est que j'ai des parents et un frère que j'adore. Jusqu'à il y a peu nous étions tous très heureux. Je donnerais n'importe quoi pour que tout redevienne comme avant.
-Tu ne te soucies pas de savoir où est ta vraie mère ?
-Elle est morte.
-Comment peux-tu le savoir si tu ne te souviens de rien ?
-Je le sais, c'est tout. C'est une sensation. Et puis papa ne m'aurait pas privée d'elle si elle était encore vivante. En revanche, toi, apparemment, tu as un père en Italie.
-C'est lui que papa a tué.
-Oh !... Tu lui en veux beaucoup, alors ?
-Je ne sais pas. Je ne sais plus grand-chose. Tout est tellement complexe dans ma tête.
-Tu sais, pour moi, ça ne change rien. Tu es toujours mon petit frère que j'aime. Et maman est toujours ma maman chérie.

-Tu es gentille comme papa, toi. Moi, je suis très en colère, après tout le monde. J'ai l'impression que ma vie ne m'appartient pas.
-Je te comprends. Mais ce contrat, qu'est-ce que cela peut être exactement ? Vous êtes en danger, maman et toi, si je comprends bien.
-Pas tant que ça. Gino va nous protéger.
-Pourquoi Gino ?
-C'est mon grand-père !
-C'est maintenant que tu me le dis ?
-Je ne l'ai appris que tout à l'heure.
-J'ai l'impression que tu as appris beaucoup de choses aujourd'hui. Tu veux bien m'en faire part ?

Jordy lui raconta. Ils discutèrent jusqu'à une heure bien avancée dans la nuit. Olivia parvint à rasséréner son petit frère. À l'image de son père, elle était une jeune fille calme, posée, et possédait une facilité à comprendre et à rassurer son prochain. C'est fatigués, mais avec de l'espoir plein la tête qu'ils finirent par aller se coucher.

Le lendemain, alors que Jordy était à l'école, Gino se rendit chez Hilary. Elle était assise devant la fenêtre, comme elle en avait pris l'habitude depuis un an, et semblait à des milliers de kilomètres de là. Il s'accroupit à son niveau, et doucement lui dit :

-Bonjour Silvana.

Elle sursauta, tourna la tête dans sa direction, et posa sur lui un regard effrayé. Des yeux, elle cherchait quelqu'un de familier à qui se raccrocher. Elle était tétanisée. Elle commençait à trembler.

-N'aie pas peur Silvana. Je t'assure que je ne te veux aucun mal. Tu penses que je ne suis que le compagnon de Shirley, mais moi je te connais depuis bien plus longtemps qu'elle. Enzo m'a tellement parlé de toi.

Elle eut un mouvement de recul et se mit à crier :

-Allez-vous-en. Laissez-moi. Laissez mon fils. j'ai fait tout ce qu'on m'a demandé. Je vous en supplie, laissez-nous tranquilles. Je vous en supplie. Ayez pitié.

Gino posa une main apaisante sur son bras. Il reprit :

-N'aie pas peur, Silvana. Je ne te veux aucun mal. Crois-moi. Je sais que tu as éprouvé un terrible choc à la mort d'Enzo, et que tu ne t'en remets pas. Je suis venu pour essayer de t'aider. J'aimerais tellement que tu ailles mieux.
-Qui vous envoie ?
-Personne. Je t'ai dit que je voulais t'aider. Je sais que j'ai pris un risque énorme en venant te parler ainsi. Mon but était de te faire sortir de ta léthargie. Il me semble que j'y suis parvenu, et cela me fait très plaisir. Il faut que tu comprennes que je ne suis pas pourvu de mauvaises intentions, bien au contraire.

La voix de Gino était calme et rassurante. Hilary commençait à s'apaiser. Elle écoutait son interlocuteur avec attention.

-J'ai discuté avec Livio hier soir. Il a lu la lettre que tu avais écrite à Oliver, juste avant ton mariage avec lui. Ton fils sait tout maintenant.

Hilary commençait à reprendre ses esprits. La parole lui revenait.

-Il sait tout ? Oh, mon Dieu !
-Ne t'inquiète pas, je veille sur lui.
-Mais qui êtes-vous ? demanda-t-elle, intriguée.
-J'ai peur de te le dire. J'ai appris que tu me craignais, mais il ne le faut surtout pas. Je ne sais pas qui a inventé cette histoire de contrat, mais je le saurai. Je suis le père d'Enzo et, si j'avais su que mon fils était papa, je serais venu le voir et le féliciter. Il me manquait tellement ! Par fierté, je ne voulais pas le reconnaître. Mais un enfant ! Cela valait toute réconciliation ! Silvana, je t'assure que je t'aurais accueillie comme ma fille, j'aurais tout fait pour vous faciliter la vie.

Tu ne peux imaginer à quel point Enzo a été malheureux, lorsque vous avez disparu. Je l'ai aidé à vous rechercher, j'avais même employé un détective privé. Maintenant, Enzo n'est plus. Je suis très affligé. J'aimerais savoir ce qui s'est passé ce fameux jour où il t'a rendu visite. Il n'y a que toi qui peux répondre. J'ai besoin que tu m'aides. Tu n'as plus de raison d'avoir peur pour Livio, ni même pour toi, il faut que tu le saches. Si vous êtes réellement en danger, je vous protégerai. Mon seul but maintenant est de rendre heureux mon petit-fils. Je n'ai plus que lui.

Un ouragan se déclencha dans la tête d'Hilary. Emportés dans un tourbillon, tous les évènements, toutes les idées, se chamboulaient. Elle revoyait Enzo en Italie, Mario, puis sa fuite aux États-Unis avec Livio, sa rencontre avec Oliver, l'aventure du restaurant, son mariage, la vie en famille, et puis… Et puis, ce fameux jour où… Enzo avait sonné à sa porte…

Oliver venait de rentrer du restaurant. Il était en train de prendre sa douche à l'étage. Silvana, occupée à préparer des pans cakes, entendit la sonnette retentir. Lorsqu'elle ouvrit la porte, elle eut un haut-le-corps en découvrant l'homme devant elle. Malgré quelques petites rides au coin des yeux, et de rares fils d'argent dans les cheveux, il était toujours le même, toujours aussi beau. Les souvenirs qu'elle avait eu tant de mal à mettre dans un coin de sa mémoire surgissaient, malgré elle. Leur amour, la naissance de Livio, sa fuite, son désespoir, puis sa nouvelle vie, sa brève rencontre dans un aéroport à Paris, sa peur à nouveau, et toujours sa sempiternelle crainte qu'on la retrouve.

-Bonjour Silvana, lui dit-il, fier de son effet.
-Enzo !

-Oui, Enzo ! reprit-il, sarcastique. Tu as raison, je suis Enzo, en chair et en os. Finalement, tu ne m'as pas oublié complètement. Tu vois, je n'ai pas changé. Mais toi, tu as pris un peu d'embonpoint. Cela te va bien. Tu es toujours aussi jolie. Tu me laisses entrer ?

Sans attendre de réponse, il la poussa vers l'intérieur. Il était flanqué d'un sbire. Elle le reconnaissait, elle n'aurait pas pu faire autrement, avec son look tellement ostentatoire. Il était présent le jour de sa fuite, ce fameux jour où sa vie avait basculé...

-Que veux-tu ? lui demanda-t-elle.
-Quelle question ! Toi, bien sûr ! Et mon fils !
-Ce n'est pas possible, rien n'est plus pareil.
-Ça m'est complètement égal. Vous m'appartenez et je vous ramène en Italie.
-Nous avons une vie ici. Tu ne peux pas chambouler tout ainsi.

Il commençait à monter le ton, énervé.

-Vous avez une vie ici ? Mais t'es-tu demandé quelle vie j'avais, moi ? Sais-tu quelle a été ma souffrance lorsque vous avez disparu sans explications ?
-Je ne pouvais faire autrement...
-Je ne savais pas ce qui vous était arrivé. J'ai imaginé les pires scénarios. Je me suis morfondu à espérer votre retour. Et par hasard, je vous retrouve à l'autre bout du monde, dans une jolie petite vie dorée et bien réglée. Tu

n'as vraiment pas perdu ton temps ! Et tu oses me dire que tu ne pouvais faire autrement ?

Hilary commençait elle aussi à élever le ton. Elle se sentait injustement accusée.

-Écoute-moi, bon sang ! Je te dis que j'étais forcée de partir. Tu crois que ça m'a fait plaisir de te laisser ? Moi aussi j'ai souffert. Je ne voulais pas m'enfuir. J'ai été contrainte. On m'a informée qu'un contrat avait été posé sur notre tête. Ça n'avait aucune importance pour moi, mais Livio, je ne pouvais laisser faire une telle monstruosité. Tu comprends ? On voulait tuer ton fils ! Il a fallu nous cacher.
 -C'est tout ce que tu as réussi à inventer ?
 -C'est la stricte vérité. Demande à ton copain, il était là, ce fameux jour. C'est lui qui m'a conduite à l'aéroport.

Elle désignait l'homme qui accompagnait Enzo, et qui était resté dans l'ombre du corridor.

-Tu as vraiment une belle imagination. Il m'aurait tout de suite averti si ça avait été le cas.
 -Tu préfères le croire lui, plutôt que moi ? Finalement, c'est peut-être toi qui as tout manigancé pour que je disparaisse ?
 -C'est du grand n'importe quoi ! Je ne pensais pas que tu pouvais être d'une telle mauvaise foi. M'accuser ! Moi ! Et Luigi ! Il est comme un frère pour moi, j'ai toute

confiance en lui ! Ça suffit maintenant. Je vous veux, toi et mon fils. Je vous ramène en Italie !
-Mais c'est impossible, Livio ne sait rien. Il a sa vie ici, il ne faut pas le bouleverser.
-Comment ça il ne sait rien ? Tu veux dire qu'il ne sait pas que je suis son père ? Que c'est l'énergumène qui te sert de mari, son père ?

Oliver avait été alerté par des cris. Il pointa sa tête du haut des escaliers.

-Que se passe-t-il, chérie ? demanda-t-il, inquiet.
-Toi, là-haut, ferme-la ! répondit Enzo. Il est au courant, lui, de ta vie en Italie ? interrogea-t-il, s'adressant de nouveau à Hilary.
-Non, il ne sait rien.
-Ça m'aurait étonné ! Mais comment es-tu devenue ? Tu n'étais pas aussi hypocrite lorsque nous étions ensemble. Où sont passés tes beaux discours sur la loyauté et l'honnêteté ? Qu'est-il arrivé ?
-Demande plutôt à ton « pseudo frère », au lieu de m'accuser ainsi.
-En plus, tu persistes ? Tu t'enfonces dans tes mensonges ? Accuse mon père, ou Serena, tant que tu y es !
-Pourquoi pas ? Celui qui est à l'origine du contrat ne s'est jamais manifesté. Cela peut être n'importe qui. J'ai d'ailleurs toujours pensé qu'il s'agissait de ton père.

Oliver était descendu et s'était muni d'une arme qu'il conservait dans son bureau. Il menaçait Enzo.

-Je ne sais pas qui vous êtes, mais vous allez laisser ma femme tranquille. J'ai appelé les forces de l'ordre, elles ne vont pas tarder. Sortez d'ici, si vous ne voulez pas d'ennuis.

Oliver n'avait pas fait attention à l'homme qui accompagnait Enzo. Il ne l'avait pas vu attraper la statuette de bronze posée sur une console, et se glisser derrière lui. Silvana assistait à la scène, médusée. Elle voulait mettre en garde son mari, mais aucun son ne parvint à sortir de sa gorge. Devant son regard horrifié, l'homme asséna un coup sec sur la tête d'Oliver qui s'écroula, assommé. Le timbre de sa voix revint, Hilary se mit à hurler.

-Ferme la Silvana ! C'est bien, Luigi, le félicita Enzo. Je n'en attendais pas moins de toi. Tu es un véritable frère. Tu vois Silvana ? Je te disais que j'avais toute confiance en lui...

Il empoigna le bras de la jeune femme afin de l'attirer vers lui. Mais Luigi n'en avait pas terminé. Il ramassa l'arme qui avait glissé des mains d'Oliver, se baissa vers lui, et la lui plaça entre le pouce et l'index.

-Que fabriques-tu, Luigi ? lui demanda Enzo intrigué. Viens, il faut que l'on y aille, avant qu'il se réveille.

Luigi n'écoutait pas, ne répondait pas non plus. Tenant la main d'Oliver dans la sienne, il visa Enzo. « Mais que fais-tu ? » cria celui-ci, incrédule. Avant qu'il ait pu comprendre quoi que ce soit, une balle l'atteignit en plein cœur. Il s'effondra.

Hilary se mit à hurler encore plus fort. Elle s'agenouilla auprès de lui, hystérique. Luigi s'approcha d'elle, et calmement, lui glissa au creux de l'oreille : « Tu dis un mot, et ton fils est mort. Le contrat est toujours d'actualité. Ne l'oublie pas. » Elle se mit les mains sur les oreilles et commença à se balancer d'avant en arrière en geignant. C'est ainsi que Jordy la trouva en entrant dans la maison, ce fameux jour, les sirènes de la police retentissant au loin, déjà.

Hilary ressentait tout à coup une sensation de légèreté. L'énorme poids posé sur ses épaules depuis si longtemps se disloquait, fondait comme neige au soleil. D'une petite voix, elle s'adressa à Gino :

-Vous êtes réellement Flavio ?

Gino se leva et la prit dans les bras en l'embrassant. Il explosait littéralement de joie.

-Oh Silvana ! Comme tu me rends heureux. J'avais tellement peur que tu réagisses mal à mon intervention. Oui, je suis Flavio. Et maintenant tu vas voir, si tu continues à parler, à dire ce qu'il s'est réellement passé,

je vous aiderai. Je mettrai tout en œuvre pour que tu te sentes enfin libre. Tu veux bien ?
-Oui.
-J'appelle Shirley, elle va être folle de joie. Elle s'inquiétait tellement pour toi. Et Jordy, tu imagines ? Et Olivia, et ton mari, même...
-Vous savez, Enzo m'a dit que j'avais tout inventé, mais ce n'est pas vrai. Je n'aurais jamais pu l'abandonner délibérément. Je l'aimais tant. Nous étions si heureux. Le quitter a été pour moi un tel déchirement.
-Je sais Silvana, tu n'as rien inventé. J'ai appris à te connaître à travers les gens qui t'aiment. Ensemble, nous allons tirer toute cette histoire au clair.

Lorsque Jordy sortit du lycée, à la fin de ses cours, il fut étonné de voir Gino l'attendant dans sa voiture. « Il prend son rôle au sérieux », se dit-il. Le visage de son grand-père rayonnait. Le jeune homme se demandait également si celui-ci n'en faisait pas un peu trop. Il n'eut pas le temps de lui faire part de sa remarque. Avant même qu'il atteigne le véhicule, Gino lui cria :

-J'ai une grande nouvelle à t'annoncer.

Parvenu à sa hauteur, Jordy répondit :

-Ça a l'air important, à voir ta tête. Tu vas te marier ? demanda-t-il en plaisantant.
-Non, c'est encore mieux.
-Alors, dis-moi ?

-Tu ne devines pas ? Il s'agit d'un évènement que tu espères depuis longtemps.
-Mon père est innocent ?
-Non, je suis désolé, ce n'est pas cela. Il s'agit de ta mère.
-Maman ? Elle a parlé ? Elle est guérie ?
-Oui.
-C'est vrai ?
-Tout ce qu'il y a de plus vrai.
-Que s'est-il passé ?
-Je suis allé la voir et j'ai réussi à la mettre en confiance. Je l'ai appelée par son ancien prénom, je suppose que cela a été un déclic.
-N'as-tu pas eu peur de la perturber encore plus ? Avais-tu demandé l'avis de quelqu'un auparavant ?
-Oui, j'ai craint de déclencher une réaction encore plus grave, mais il fallait faire avancer les évènements. Je m'y suis rendu de ma propre initiative. Si j'en avais parlé auparavant, on me l'aurait déconseillé. J'ai joué le tout pour le tout, et je suis heureux d'avoir gagné.
-C'est formidable ! Elle est à la maison ?
-Oui, elle a hâte de te voir et de te parler. Shirley lui tient compagnie. Nous avons contacté Olivia pour lui annoncer la bonne nouvelle, également. Elle est peut-être déjà rentrée. Silvana, oh pardon, Hilary va nous raconter tout ce qu'il s'est passé lorsque nous serons réunis.

Tous étaient installés au salon. Shirley avait confectionné des sandwichs. Questions et réponses alternaient, se chevauchaient parfois. Gino/Flavio voulut savoir ce qui s'était passé le jour de la fuite. Hilary raconta :

-Je me souviens d'une journée qui avait bien commencé. Il faisait beau, nous étions tous heureux. J'avais mis ma plus jolie robe. Jordy/Livio gazouillait, et je m'étais aperçue de l'apparition d'une petite quenotte dans sa bouche. J'avais hâte d'en faire part à Enzo qui n'aurait pas manqué de se réjouir.
Lorsque je suis arrivée, Antonella, la personne qui m'avait reçue la première fois était dans tous ses états. J'ai d'abord cru qu'elle ne voulait plus m'embaucher. C'était pire. Elle m'expliqua que sur le port de Naples, tout se savait. Elle venait d'apprendre qu'un contrat avait été posé sur la tête de mon enfant et sur la mienne. Pas sur celle d'Enzo. J'ai tout de suite pensé que vous en étiez l'auteur, Flavio. Je n'avais pas peur de mourir. Mais je me devais de protéger Jordy/Livio. Antonella me dit qu'elle avait eu le temps de faire préparer des faux papiers pour nous deux, et que si je voulais sauver mon fils, je devais disparaître avec lui sans laisser de traces. Elle nous avait réservé des places dans plusieurs avions, pour des destinations différentes, afin de brouiller les pistes. Elle me conseilla de me rendre à Los Angeles, pensant que c'était suffisamment loin pour nous mettre à l'abri, et de surtout ne rien dévoiler de mon passé au risque de nous faire repérer. Elle m'assura qu'un contrat émis sur une tête ne s'éteignait que lorsqu'il était exécuté. Elle me remit une grosse somme d'argent pour m'aider à faire face à mes dépenses en arrivant. Je m'étonnais

qu'elle m'en donnât autant. Elle me dit qu'elle avait beaucoup d'affection pour moi et était sûre que si les rôles avaient été inversés j'en aurais fait de même pour elle. Elle n'avait pas tort. Lorsque je demandais comment j'allais pouvoir la rembourser, elle me dit que, pour notre sécurité, il ne fallait surtout pas que je la recontacte. Elle possédait beaucoup d'argent, et je devais considérer qu'il s'agissait d'un cadeau. J'ai toujours déploré de ne pas l'avoir assez remerciée de ce qu'elle avait fait pour nous. Mais elle m'avait tellement affolée, j'étais tellement désespérée et apeurée ! Ce que je ne comprends pas, Flavio, c'est que vous me dites qu'il n'y a jamais eu de contrat. En êtes-vous sûr ? Pourquoi alors, l'assassin d'Enzo m'a dit qu'il était toujours d'actualité ?

-Je ne sais pas, Silvana. Je le découvrirai, coûte que coûte.

-On pourrait peut-être essayer de contacter Antonella. Ça me ferait tellement plaisir de la revoir. Nous aurions pu devenir amies...

-En effectuant nos recherches, Enzo et moi n'avons pas trouvé trace de cette personne. Ni même de la société qui devait t'employer.

-Mais ce n'est pas possible ! Je m'y suis rendue, pourtant. Je n'ai pas pu rêver.

-Je ne pense pas que tu aies rêvé. À mon avis, quelqu'un a monté un stratagème pour te faire disparaître de la vie de mon fils. Cette personne y est parvenue. Elle s'est jouée de lui, de toi, de moi à l'insu de tous.

-Antonella n'était pas sincère avec moi, alors ? Il s'agissait d'un rôle ?

-J'en ai bien peur. Demain, nous contacterons la police afin qu'elle s'occupe de Luigi. J'userai de tous mes pouvoirs pour les aider s'il le faut. Il n'y a plus que lui pour répondre aux dernières questions.

Dans les jours qui suivirent, l'enquête reprit. Hilary fut interrogée plusieurs fois par les inspecteurs. Il paraissait évident qu'Oliver n'était pas coupable de meurtre. Mais il n'y avait aucune preuve. Il fallait les aveux de Luigi qui se trouvait en Italie. En collaboration avec les autorités italiennes, et Flavio, l'homme de main fut arrêté, et extradé vers les États-Unis.

Flavio obtint l'autorisation d'aller le voir afin d'obtenir des explications. Désireux de se faire pardonner, le scélérat ne se fit pas prier pour parler. Face à lui, le père d'Enzo dut faire appel à la meilleure volonté afin de rester calme.

-Que s'est-il passé Luigi ? J'avais confiance en toi. Tu étais comme mon fils.
-L'ennui est que vous aviez déjà un fils.
-C'est pour ça que tu l'as tué ? Tu voulais prendre sa place ?
-Ça ne devait pas se passer ainsi.
-Comment cela devait-il se passer ?
-Serena m'avait promis que je vous succéderais.

Flavio était choqué. Serena ! Soudain, il se sentait accablé, meurtri, usé. Jamais il n'aurait pu imaginer Serena tramant dans son dos.

-Serena ?
-Oui.
-C'est elle qui a mis sur pied l'histoire du contrat ?
-Oui.
-Mais pourquoi ? Pourquoi ?
-Elle voulait qu'Enzo revienne vers vous.
-Mais il y avait d'autres manières !
-Elle disait que c'était à cause de Silvana s'il ne revenait pas auprès de vous, qu'elle l'influençait. Elle avait raison, puisque vous avez récupéré votre fils lorsque sa femme l'a quitté.
-Je n'aurais jamais utilisé un tel procédé !
-Elle était très jalouse, elle lui en voulait terriblement.
-C'était elle qui avait contacté Silvana pour lui proposer un emploi ?
-Oui. Elle avait monté une société « fantôme » et employé des acteurs. Elle ne voulait pas que Silvana se doute de sa participation, pour le cas où... La personne qui se faisait passer pour la patronne lui fit croire qu'un contrat avait été placé sur sa tête et celle de son enfant, et qu'elle devait fuir immédiatement. Elle lui remit des faux papiers ainsi qu'une grosse somme d'argent afin de faire face à la situation.
-Comment s'y est-elle prise pour justifier le fait que les faux papiers étaient déjà prêts ? Il faut du temps habituellement.
-Silvana était naïve. Ça n'a pas été très difficile.
-Elle a vraiment été forte. Elle n'a laissé aucun indice. Je vivais avec elle et ne me suis douté de rien. J'avais pourtant employé le meilleur détective de Naples.

-Tout était planifié. Elle l'avait soudoyé. Elle lui donnait le double de ce que vous le payiez pour qu'il se taise.
-Je comprends mieux, alors. Mais toi ? Pourquoi l'as-tu aidée ?
-Je vous l'ai dit, elle m'avait promis de faire en sorte que je vous succède.
-Mais… Si Enzo revenait, c'était pourtant logique qu'il travaille avec moi, et me remplace par la suite !
-Il était passionné par la photo. Serena devait se charger de l'occuper sur ce plan. C'était d'ailleurs elle qui veillait à ce qu'il ait toujours du travail dans ce domaine. Ce n'était pas prévu qu'il laisse tout tomber pour vous rejoindre dans les affaires. Elle essayait de le faire renoncer. Elle me disait que c'était une question de temps. Le problème est qu'elle est décédée prématurément.
-Et c'est pour ça que tu as tué mon fils ?
-Je ne voulais pas. Je vous assure que ce n'était pas prémédité. Serena a toujours suivi l'évolution de Silvana en Amérique. Elle s'est réjouie lorsqu'elle s'est remariée. Je savais donc où elle se trouvait. J'avais laissé traîner exprès le magazine où l'on parlait de la réussite du restaurant de Silvana, avec la photo de sa famille. Enzo a tout de suite réagi. C'est lui qui m'a demandé de l'accompagner à Los Angeles. Je pensais qu'il parviendrait à la ramener et qu'ensuite il laisserait tomber les affaires. Leur dispute m'a convaincu qu'elle ne reviendrait pas. Alors, j'ai vu une opportunité que je ne devais pas négliger, lorsque son mari est arrivé avec son arme à la main. Silvana était terrifiée. Il suffisait de la

menacer. De plus elle m'avait reconnu, tôt ou tard, elle aurait réussi à convaincre Enzo de sa bonne foi. J'aurais été discrédité, je ne pouvais pas me le permettre.
-Tu m'as profondément déçu, Luigi. Je ne t'aurais pas laissé tomber, tu le sais, ça ? Et Enzo t'aimait comme un frère. Il aurait été d'accord pour partager, et même te laisser le pouvoir, s'il avait su.
-Je suis désolé. Je regrette. J'espère que vous me pardonnerez un jour.
-Te pardonner ? Tu as participé au malheur de mon fils, pour finir par le tuer ! Tu m'as privé de mon petit-fils pendant des années ! Comment pourrais-je un jour te pardonner ? Jamais je n'aurais pu penser que toi, surtout toi, tu me trahisses ainsi. Tu as gâché ma vie. Te pardonner ? Tu me donnes plutôt envie de vomir !

Flavio aurait voulu étrangler cet homme pour qui il avait eu tant d'estime, et en qui il avait placé toute sa confiance. Il se leva très vite, et partit en claquant la porte, afin de ne pas céder à sa pulsion. Des larmes de rage, de désespoir, d'impuissance coulaient sur son visage. Flavio était écœuré. Il repensait à Térésa, à leur amour, leurs années en commun où il n'avait pas été présent, ni pour elle ni pour son fils. Il était avide d'argent alors, avide de pouvoir. Il pensait à Serena qui au fond s'était conduite comme lui. « La fin justifie les moyens », disait-il à l'époque. Mais quelle fin ? Il avait perdu tous ceux qui lui étaient chers et qui l'aimaient. Par cupidité ! Que lui restait-il maintenant ? Livio ! Ou Jordy ? L'image de son petit-fils s'imposait à ses yeux. Oui, il lui restait

Jordy ! Son avenir se trouvait avec Jordy. Il allait tout faire dorénavant pour lui, pour sa famille, pour Shirley. Il n'était pas trop tard. Une nouvelle vie se profilait... S'il la désirait. Oui, il la voulait cette vie ! Avec Jordy, Silvana, non... Hilary, Shirley, Oliver, et Olivia.

Oui, il la désirait. Ardemment.

L'araignée-loup avait perdu. Le phénix renaissait de ses cendres.

© 2016, Sylvie Bascougnano

Couverture réalisée par Cécile Lorne
Edition : BoD - Books on Demand
12/14 rond-point des Champs Elysées, 75008 Paris
Impression : Books on Demand GmbH, Norderstedt, Allemagne
ISBN : 9782322112159
Dépôt légal : Octobre 2016